पिंजरा
प्रेम और प्रतिरोध

AF764888

काव्य संग्रह

निवेदिता सिंह

अंजुमन प्रकाशन

अंजुमन प्रकाशन
942, मुट्ठीगंज, प्रयागराज-3 उत्तर प्रदेश, भारत
www.anjumanpublication.com
contact@anjumanpublication.com

पिंजरा, प्रेम और प्रतिरोध (काव्य संग्रह)
प्रथम संस्करण, पेपरबैक, अंजुमन प्रकाशन द्वारा 2021 में प्रकाशित
सर्वाधिकार सुरक्षित © : निवेदिता सिंह 2021
आवरण चित्र : शिखा शर्मा
आवरण व टाइप सेटिंग : अंजुमन प्रकाशन

ISBN : 978-93-88556-76-7

लेखक इस पुस्तक के मौलिक लेखन के नैतिक अधिकार का दावा करता है

यह पुस्तक या इसका कोई भी भाग लेखक की लिखित अनुमति के बिना पूर्ण या आंशिक रूप से इलेक्ट्रानिक अथवा यांत्रिक (जिसमें फिल्म/सीरियल/फोटोग्राफिक रिकार्डिंग/ पीडीएफ फारमेट भी सम्मिलित है) अभिलेखन विधि से या सूचना संग्रह तथा पुनः प्राप्त पद्धति (रिट्रीबल) अथवा अन्य किसी भी प्रकार से पुनः प्रकाशित, अनूदित या संचारित नहीं किया जा सकता।

मेरे सबसे प्रिय
बाबा (दादा जी) को समर्पित

आत्माभिव्यक्ति

दोस्तो! मेरा पहला काव्य संग्रह 'पिंजरा, प्रेम और प्रतिरोध' आपके सामने है और इसका श्रेय भी आपको ही जाता है। जब अख़बार के लिए स्वतंत्र लेखन शुरू किया था, तब सोचा भी नहीं था कि पहली किताब के रूप में काव्य संग्रह मेरे हाथों में होगा, क्योंकि उस समय ज़ियादातर आलेख और कहानियाँ लिखा करती थी। दो तीन कविताएँ लिखीं भी तो वह सिर्फ़ डायरी के पन्नों तक ही सिमटकर रह गयीं। कुछ दोस्तों के कहने पर 2016 से फ़ेसबुक पर छोटी-छोटी कविताएँ पोस्ट करना शुरू किया, जिस पर दोस्तों और पाठकों की सकारात्मक प्रतिक्रिया, लिखने के लिए प्रेरित करने लगी और उसी का परिणाम आज आप सबके सामने है; इसलिए इस किताब के असली हक़दार आप सब हैं।

भावनाएँ, चाहतें, कसक और ज़रा-सा अनुभव बस यही सब उतर आया है इन काग़ज़ के टुकड़ों पर, दिल की सीढ़ी थामकर। जीवन प्रेम, दर्द, संघर्ष और भोगा हुआ यथार्थ ही तो है, जिसे शब्दों में ढालने की कोशिश की है मैंने। कुछ कविताएँ लिखते हुए, सहेलियों के दर्द मन में उतर आये जिसे याद करके न सिर्फ़ आँखें नम हुईं बल्कि दुःख और तकलीफ़ से बरसीं भी। वहीं प्रेम में पगी कविताओं को लिखते हुए कई बार अनायास ही होठों पर मुस्कुराहट तैर गयी। बचपन पर लिखी गयी कविता के बहाने से दादी-दादा के साथ गाँव में जिये गये पलों को एक बार फिर से जी लेने का मौक़ा मिला, जो शायद मेरे जीवन का सबसे बेहतरीन समय रहा है। कुछ शब्द दर्द, क्षोभ और ग़ुस्से की उपज हैं, जिसकी चुभन बहुत गहरी है। मेरे जीवन में जो बात सबसे अधिक मायने रखती है, वो है निरंतर किया गया प्रयास और यही प्रयास उम्मीद को जन्म देता है। भले ही अँधेरा कितना भी घना क्यों न हो, पर प्रकाश पाने के लिए हमें दिया तो जलाना ही पड़ेगा। यही बात उन सब तक पहुँचाना चाहती हूँ, जिन्होंने ज़िंदगी के थपेड़ों से हारकर ख़ुद को दिन-रात घुटने के लिए छोड़ दिया है।

कविता के मानकों पर यह संग्रह कितना खरा उतरता है, इसे तो साहित्य के जानकार ही बतायेंगे। कुल मिलाकर यह संग्रह भोगे हुए यथार्थ, जिये हुए लम्हों और जीवन से मिले अनुभवों का दस्तावेज़ भर है; उम्मीद है कि इसे आपका भरपूर प्यार मिलेगा, क्योंकि दिल की बातें बिना किसी लाग-लपेट के भी सीधे

दिल तक पहुँचती हैं।

आभारी हूँ वास्तविक और आभासी दुनिया के सभी मित्रों की, जिनकी सराहना की वजह से लिखना जारी रख पायी, पर सबसे अधिक आभारी हूँ मशहूर कवि और शायर डॉ. हरि फ़ैज़ाबादी सर की, जिन्होंने न सिर्फ़ मेरी कविताओं को किताब की शक्ल में लाने के लिए प्रोत्साहित किया बल्कि पूरे धैर्य के साथ वर्तनी सम्बंधी अशुद्धियों को भी ठीक किया। तहेदिल से शुक्रगुज़ार हूँ संध्या सिंह मैम की, जिन्होंने इस काव्य संग्रह को लाने में हर क़दम पर मुझे हिम्मत और प्रेरणा दी और मेरी कविताओं का बारीकी से अध्ययन कर उसको बेहतर बनाने में मेरी मदद की। धन्यवाद कहना चाहूँगी सुचि भवि दीदी का, जिन्होंने न सिर्फ़ अपने व्यस्त दिनचर्या से समय निकालकर मेरी कविताओं को पढ़ा और मुझे सही मार्गदर्शन दिया, बल्कि समय-समय पर मेरा उत्साहवर्धन भी किया, साथ ही साथ मुझे मेरे परिवार का भी पूरा सहयोग मिला। मेरी माँ चन्द्रावती सिंह ने हर मोड़ पर मेरा साथ दिया और मुझे यह विश्वास दिलाया कि मेहनत से सब कुछ हासिल किया जा सकता है। मेरे बच्चों प्रिशा और अयांश के बिना मेरी ज़िंदगी की हर बात अधूरी है, इसलिए मेरे जीवन की सबसे बड़ी प्रेरणा ये बच्चे हैं जो कभी मुझे थक-हारकर बैठने नहीं देते हैं। एक और नाम है जिसने इस यात्रा में मेरा साथ दिया, वो है अंजुमन प्रकाशन। बिखरे हुए पन्ने आज किताब की आड़ में मुस्कुरा रहे हैं, इसका श्रेय अंजुमन प्रकाशन को जाता है।

निवेदिता सिंह

ठोस यथार्थ पर बहती तरल कविताएँ

संग्रह 'पिंजरा, प्रेम और प्रतिरोध' पर बात करने से पहले मैं काव्य की विधा पर अपनी बात कहना चाहूँगी। कविता, अनुभूतियों को व्यक्त करने का सबसे सशक्त माध्यम है। यों तो काव्य विधा अपनी तरलता और कोमलता के लिए जानी जाती है, लेकिन ये उतनी ही ज़िद्दी भी है। कितनी भी प्रतिकूल परिस्थिति हो, कितनी भी दौड़-धूप, आपा-धापी हो, लेकिन ये कविताएँ फूट ही पड़ती हैं ज़रा-सा अवसर मिलते ही; ठीक वैसे ही जैसे पत्थरों के बीच में जगह मिलते ही दूब झाँकने लगती है अपनी सम्पूर्ण हरियाली के साथ। भौतिक दुनिया में अपने करियर के लिए जंग लड़ती और सुबह से शाम तक घर, परिवार और नौकरी की व्यस्ततम दिनचर्या के बावजूद निवेदिता सिंह का कोमल अनुभूतियों की सुगंध से महकता यह संग्रह, इसी बात का प्रमाण है कि कविता अपना रास्ता स्वयं बना लेती है, बस भीतर की मिट्टी में नमी होनी चाहिए और वो नमी निवेदिता सिंह के मन की ज़मीन में भरपूर है।

निवेदिता सिंह मुख्यतः प्रतिरोध की कवयित्री हैं; उनकी रचनाएँ इस बात की गवाही देती हैं कि वे स्त्री के प्रति अन्याय से समाज को मुक्त करने के लिए कटिबद्ध हैं। यद्यपि संग्रह में कई खण्डों के माध्यम से विभिन्न विषयों पर उनकी रचनाएँ इस बात की तस्दीक करती हैं कि उनकी फ़िक्र का दायरा बड़ा है और अन्य विषय भी उनसे अछूते नहीं हैं।

निवेदिता सिंह के इस संग्रह से गुज़रते हुए उनकी कविताओं का सफ़र पाठक को बहुत रोचक प्रतीत होगा। कहीं भी एकरसता नहीं। अगर प्रेम की कलकल बहती नदियाँ हैं तो शोषण और प्रताड़ना की कड़ी धूप भी है कहीं जीवन के रहस्यों की सुरंग में ले जाता गहरा दर्शन भी है, तो कहीं प्रतिरोध की चिंगारी भी।

विषय के अनुरूप तीन खण्डों में विभाजित ये संग्रह बहुत सुरुचिपूर्ण ढंग से व्यवस्थित और क्रमबद्ध की गयी रचनाओं का गुलदस्ता है। इस यात्रा में सबसे पहला रास्ता प्रेम का है। हरियाली से आच्छादित इस रास्ते में अड़तीस कविताएँ हैं।

'महक' कविता में उन्होंने विदा के बाद प्रेमी को अपने भीतर बचाने के लिए

जो उदाहरण प्रयोग किये, वो उनकी शिद्दत को साबित करते हैं

झमाझम बारिश के बाद
बची रह जाती है
ज्यों सोंधी महक मिट्टी की
शहतूत, पेड़ से गिरने पर
ज्यों लाल निशान छोड़ जाता है धरती पर
फूल खिलकर मुरझाने के बाद
ज्यों ख़ुश्बू बचाये रह जाता है अपने अन्दर
ठीक वैसे ही तुम्हें अलविदा कहने के बाद
बचाकर ख़ुद में थोड़ा-सा रखा है तुम्हें
अपने भीतर महकने के लिए

इसी तरह एक और कविता में संवेदना की पराकाष्ठा देखिए

तुम्हारे होठों ने मेरी पीठ पर
जो कविता बोयी थी न
मानसून की बूँदों का साथ पा कर
खिल उठी हैं मेरी स्मृतियों में

इसी तरह 'मन्नत का धागा' कविता में अंधविश्वास से दूर कवयित्री, प्रेम में पड़कर मिलन की ख़्वाहिश में पीपल के पेड़ पर धागा बाँधती हैं, ये भी प्रेम की एक और इंतहा है। प्रेम की गलियों से गुज़रते हुए शब्द-दर-शब्द कवयित्री पूरी एकाग्रता से शुद्ध प्रेम बुनती हैं।

दूसरे खण्ड में निवेदिता सिंह जी की स्त्री संवेदना एक बेचैन समंदर की लहरों की तरह किनारे पर सर पटकती है-

औरतें इश्क़ बोती हैं
सींचती हैं उसे
प्रेम और चाहत के खाद पानी से
वही इश्क़ जवान होते ही बेच दिया जाता है
धर्म जाति बिरादरी
और सरहद की मण्डी में

स्त्री के ऊपर थोपी गयी उसके जीवन की सबसे बड़ी शर्त कि उसका प्रेम का बीज उसके अभिभावकों की दी हुई ज़मीन पर उगना चाहिए; उसे इस कविता

में उभारने में वो सफल रही हैं। निवेदिता जी के शब्दों में नहीं, उनके व्यवहार में भी स्त्री को एक सार्थक दिशा देने की बेचैनी दिखती है। उनकी एक कविता आज़ाद देश की ग़ुलाम लड़कियाँ में एक दुःखद व्यंग्य है

सुनो आज़ाद देश की ग़ुलाम लड़कियों
तुमने जन्म स्वतन्त्र देश में लिया है
लेकिन स्वतन्त्र परिवार और समाज में नहीं

जो उग आती है
जंगली घास की तरह
जिसकी क़िस्मत में होता है
पैरों तले रौंदा जाना
इसलिए समय रहते
ग़ुलाम बनकर जीना सीख लो

ये खण्ड 'स्वयंसिद्धा' स्त्री केन्द्रित भिन्न-भिन्न समस्याओं और उनसे उपजी भावनाओं का एक जलता हुआ जंगल है, जिसमें चीत्कार हैं, सपनों की किरचें हैं, समझौते हैं, संघर्ष हैं और उम्मीद है और यही उम्मीद इस लेखन को सार्थक बनाती है। इस दिशा में मैं उनकी 'आवारा लड़कियों तुम बहुत प्यारी लगती हो' और 'प्रतिक्रिया' को बहुत महत्त्वपूर्ण मानती हूँ।

कहीं-कहीं स्त्री इन कविताओं में स्त्री तहख़ाने से बाहर आती दिखायी देती है जो एक राहत का एहसास है।

निवेदिता सिंह के तीसरे खंड 'कन्धे पर सलीब' में यथार्थवादी कविताएँ हैं। ये कविताएँ लिंग भेद से परे, स्त्री-पुरुष दोनों का कटु यथार्थ, दोनों का दर्द बयान करती हैं। उनकी कविता 'रोना मत' में पुरुष के आँसू न बहाने की घुटन को सामने रखती है। स्त्री की तरह पुरुष भी

अपनी मर्दानगी के खोल में घुटता है, लेकिन अच्छी बात ये है कि स्त्री के साथ-साथ पुरुष भी जागरूक हो कर अपने उस ढाँचे को तोड़ रहा है- देखिए-

अब जब भी दर्द होगा
जोर-जोर से चिल्लाऊँगा
बच्चों को उनकी मनपसंद डिश
बनाकर खिलाऊँगा

नौकरी में मन नहीं लगेगा
तो घर बैठकर बीवी की कमाई खाऊँगा'

उनकी और भी कविताएँ, चाहे अतीत की कसक से उपजी 'वो ज़माना' हो, चाहे अकेलेपन को परिभाषित करती 'तन्हाई' या फिर 'बेटियाँ' या 'किसान', उन्होंने विविधता कायम रखते हुए यथार्थ के अलग-अलग रूप हमारे सामने रखे हैं।

कुल मिलाकर ये संग्रह 'पिंजरा, प्रेम और प्रतिरोध' भिन्न भिन्न अनुभूतियों का एक नायाब गुलदस्ता है। इसकी विविधता इसकी विशेषता है। साहित्य की दुनिया में निवेदिता जी के आगमन का हार्दिक स्वागत है। ये एक कठिन यात्रा का शुभारम्भ है, जिसमें क़दम दर क़दम परिष्कृत होते रहना है। धूप, बारिश, आँधी के अनुभव हमें यात्रा में परिपक्व बनाते हैं। आशा करते हैं कि वो अपनी आने वाली पुस्तकों के माध्यम से नये सोपान चढ़ेंगी।सुखद भविष्य के लिए उन्हें हार्दिक शुभकामना।

संध्या सिंह
डी 1225 इंदिरा नगर, लखनऊ
ई- मेल- sandhya.20july@gmail.com
दूरभाष: 07388178459, 0737606105

ख़्वाहिशें नेक सदा दिल में मुहब्बत रखना

'दूर जाने में कहाँ होती है मुश्किल
बात तो तब है रहो दिल में हमेशा'

मेरा ये शे'र शायद नवाबों की नगरी में रहने वाली, लखनऊ की उभरती हुई कवयित्री श्रीमती निवेदिता सिंह जी के लिए ही हुआ है, जो न जाने अपने दिल में कितना कुछ समेटे हुए हैं और जिसका थोड़ा-सा हिस्सा उन्होंने अपनी इस किताब 'पिंजरा, प्रेम और प्रतिरोध' में छलकाया है।

मेरा निवेदिता जी से परिचय डॉ. हरि फ़ैज़ाबादी जी के ज़रिये हुआ। आज से तक़रीबन दो वर्ष पूर्व उन्होंने मुझसे कहा कि निवेदिता जी की फ़ेसबुक पर फ्रेण्ड रिक्वेस्ट होगी, एक्सेप्ट कर लो। फ़ेसबुक मेरे लिए अच्छा और सकारात्मक पढ़ने का माध्यम मात्र है, जिसमें मैंने भीड़ से परहेज़ रखा है। निवेदिता जी को पढ़ना तो अच्छा लगता ही था, लखनऊ में हुई मुलाक़ात के बाद उनसे मिलना भी अच्छा लगा। बेबाक विचारों की महिला हैं आप तो इतनी कि उनकी रचनाएँ भी उनकी बेबाकी की मिसाल हैं। आप नौकरीपेशा तो हैं, मगर साथ ही साथ बेहद ज़िम्मेदार गृहिणी भी हैं। आपकी रचनाएँ आपकी साफ़गोई और मिज़ाज बयान करती हैं। आपकी रचनाएँ आपकी सच्चाई और व्यक्तित्व का आइना हैं, यदि मैं यह कहूँ तो अतिशयोक्ति नहीं होगी।

आपके इस काव्य संग्रह में तीन खण्ड हैं जिसमें प्रेम पर 38 कविताएँ हैं। स्त्री विमर्श पर 33 रचनाएँ हैं और वास्तविक रचनाओं के खण्ड में 28 कविताएँ हैं। प्रेम के हर रूप को कवयित्री ने अपने क़लम की नोक से काग़ज़ पर उतारने का एक सफल प्रयास किया है। हर तरह के रंग में रँगा प्रेम मिलेगा पाठक को। कुछ रंग देखें-

तुम्हारी ख़ातिर तुम्हारे बिना ही जिये जा रही हूँ
तुम्हें बताया नहीं मैंने कभी
पर मैंने तुम्हारा झूठ बोलने का वो अंदाज़ भी
चुरा लिया था एक दिन

ठीक वैसे ही तुम्हें अलविदा कहने के बाद

बचा रखी हूँ थोड़ा-सा अपने भीतर महकने के लिए

मैं हर रोज़ लिखती हूँ तुम्हें
और पोस्ट कर देती हूँ

तुम्हारे जाते ही / हमारा छोटा-सा घर / उदास हो जाता है

श्रीमती निवेदिता जी ने हमेशा ही स्त्री और पुरुष को समानता का दर्जा दिया है और इसकी बख़ूबी पैरवी भी की है।

और मैं स्वयं स्त्री-पुरुष समकक्षता की पक्षधर हूँ, समानता की नहीं; लेकिन फिर भी कवयित्री के लेखन से प्रभावित हूँ।

औरतें इश्क़ बोती हैं
सींचती हैं उसे
प्रेम और चाहत की खाद से
वही इश्क़ जवान होते ही
बेच दिया जाता है
समाज के ठेकेदारों द्वारा
धर्म, जाति, बिरादरी
और सरहद की मण्डी में

सच कहूँ तो ये तलाक़शुदा औरतें बहुत अलग हैं
इन्होंने पति के द्वारा छोड़े जाने का नहीं किया इंतिज़ार
नहीं किया अपने मान-सम्मान के साथ समझौता
नहीं भूलीं अपने बुज़ुर्ग माता-पिता के प्रति अपनी ज़िम्मेदारी

अच्छी औरतें
नभ में सितारे नहीं टाँकती हैं
हाथ में सूई-धागा लेकर
बच्चों की शर्ट के बटन टाँकती हैं।

लेखिका की रचनाओं में एक विद्रोह है, पीड़ा है समाज के एकतरफ़ा

रिवाजों के ख़िलाफ़, जिससे उनकी रचनाएँ अछूती नहीं रहीं।

जो ब्याही गयी थीं उन्नीस-बीस बरस में
उनके ब्याह से पहले पिता ने नहीं पूछा था
उनकी मर्ज़ी, सहमति या असहमति

कई देशों की यात्राएँ लिखी जानी थीं उसके जीवन में, पर उसे समेट दिया गया, मायके से ससुराल के बीच की दूरी नापने में और बहला दिया गया यह कहकर कि यही तुम्हारी सम्पूर्ण दुनिया है

तुमने उस स्त्री से प्रेम किया
और बदले में उसके स्वामी बन बैठे
उस स्त्री ने तुम्हारा प्रेम स्वीकार किया
और खुद को प्रेम में पालतू बना बैठी

स्त्री की पीड़ा पुरुष प्रधान समाज शायद कभी समझेगा और बदलेगा, यह किताब इस दिशा में लेखिका का पहला कदम है। निवेदिता जी को बदलते परिवेश को क़रीब से देखने व जानने का मौक़ा मिला, मगर उन्होंने कुरीतियों में बहुत कम बदलाव का अनुभव किया और उनकी रचनाएँ धनी होती रहीं। लेखिका बहुत संवेदनशील हैं चूड़ियों की खनक से लेकर बच्चों के रुदन, माँ की सीख से लेकर बच्चों को खोने वाली माताओं की चीख़ को आपने अपनी कविताओं के माध्यम से न्याय देने की कोशिश की है।

मैं एक किसान हूँ
आम से भी ज़ियादा आम इंसान हूँ

धरती बाढ़ में डूबी है
बादल के आँसुओं से

तुम्हें लेकर जब निकली थी घर से
उस मनहूस घड़ी को कोसना होगा
छाती का दूध जिस पर सिर्फ़ तुम्हारा हक़ था
उसे यूँ ही बेकार फेंकना होगा
माँ को अपने बच्चे को सीने से लगाने के लिए
दिन-रात तरसना होगा

पापा डॉक्टर बना रहे थे मैं पेण्टर बन गयी
हाथ में स्टेथोस्कोप की जगह रंगों की कूची सज गयी
पर कलाई कलाई में तो अब भी चूड़ी ही खनक रही थी

यह पुस्तक कोरोना काल की उपज है तो भला कोरोना की रचना से कवयित्री इसे महरूम क्यों रखतीं।

सबने कहा बुरा दौर है
मैंने कहा यक़ीन मानो यह दौर भी निकल जायेगा
सच है, कोरोना काल के नाम से यह समय इतिहास के पन्नों में दर्ज हो जायेगा
यक़ीन मानो यह दौर भी निकल जायेगा

श्रीमती निवेदिता सिंह को यदि मैं श्रृंगार की कवयित्री कहूँ तो शायद अधिक सटीक होगा। भले ही इस संग्रह में हर मिज़ाज की रचनाएँ हैं, मगर श्रृंगार बहुतायत में है और इसे रचनाओं में पिरोने में कवयित्री सिद्धहस्त भी हैं।

मुझे आशा ही नहीं, पूर्ण विश्वास है कि भविष्य में आपकी लेखनी रचनाओं को खुला आकाश देगी।

प्रथम किताब की आपको दिली मुबारकबाद; आपके साहित्यिक सफ़र का सिलसिला यूँ ही गतिमान रहे।

'दौर कोई हो हमेशा यही हसरत रखना
ख़्वाहिशें नेक सदा दिल में मुहब्बत रखना'

नेक ख़्वाहिशात के साथ

19.11.2020

शुचि 'भवि'

बी-512, सड़क-4
स्मृति नगर
भिलाई नगर (दुर्ग)
छत्तीसगढ़-490020

कवयित्री-कथाकार-शाइरा
डिपार्टमेंट हेड (भौतिकी)
भिलाई, छत्तीसगढ़

अनुक्रम

खण्ड - एक

मन्नत के धागे

खण्ड - दो

स्वयंसिद्धा

खण्ड - तीन

कन्धे पर सलीब

खण्ड - एक

मन्नत के धागे

1. मन्नत का धागा

पता है सुनोगे तो हँस पड़ोगे
क्योंकि तुम जानते हो न
मैं विश्वास नहीं कर पाती हूँ
मंदिर, धागा, मन्नत, पूजा -पाठ में
पर न जाने क्यों
आज बरसों बाद उस गली से गुज़रते हुए
ठिठक गयी मेरी नज़र
मंदिर के प्रांगण में लगे उस पीपल के पेड़ पर
जहाँ भक्तों की भीड़
पेड़ के चारों ओर परिक्रमा करते हुए
मन्नत का धागा बाँधने में तल्लीन थी
वहीं एक कोने में दीवार का सहारा लेकर खड़ी
मैं कुछ देर निहारती रही थी उन्हें
और फिर अचानक मेरे पैर चल पड़े
मन्नत के धागों से सजी उस दुकान पर
सबकी तरह मैंने भी अपना हाथ बढ़ाकर
एक धागा ख़रीद ही लिया मन्नतों वाला
और बाँध आयी उसी पीपल के पेड़ में
तुम्हारे नाम का
जहाँ तुम हर बार एक धागा बाँध आते थे
मुझसे छुपकर।
* * *

2. इक कोठरी ख़्वाबों की

ख़्वाबों की इक कोठरी है
जहाँ हम साथ-साथ रहते हैं

वहाँ न कोई दरवाज़ा है
न कोई दीवार
है बस तुम्हारे साथ होने का सुकूँ
और ढेर सारा प्यार

कभी पेड़ के नीचे बैठे हम
पेड़ों से झड़ते पत्तों को गिनते हैं
कभी पलाश के फूलों की
रंगत को मन में भरते हैं

कभी-कभी आधी रात को जगाकर
तुम मुझे खिड़की के पास बुला लेते हो
जहाँ हम दोनों घण्टों बैठे
चाँद को निहारा करते हैं

भोर की पहली किरण जब आकर
तुम्हारे माथे को सहलाती है
उसी वक़्त मैं उठकर खिड़की की उघड़ी पीठ को
परदे से ढँक देती हूँ

चाय के दो प्याले
मेज़ पर रखकर मैं तुम्हें जगाती हूँ
तुम मुझे बाँहों में भरकर
चादर तान फिर से सो जाते हो

मैं बातूनी तुमसे ढेर सारी
बातें करती हूँ
तुम हमेशा की तरह मेरी
बकबक सुनते हो और मुस्कुराते हो

हर बार इसी मोड़ पर मेरी नींद टूट जाती है
ख़्वाब बिखर जाता है
मैं तुमसे ख़ुद को छुड़ाकर भागती हूँ अपनी दुनिया में
जहाँ बहुत सी उम्मीदें मेरी राह तक रही होती हैं।

* * *

3. महक

झमाझम बारिश के ख़त्म होने के बाद
बची रह जाती है जो सोंधी-सी महक मिट्टी की

सिगरेट का धुआँ भीतर खींच लेने के बाद
बची रह जाती है जो राख ऐश ट्रे में

शहतूत, पेड़ से गिरने के बाद
जो लाल निशान छोड़ जाता है धरती पर

फूल खिलकर मुरझाने के बाद
जो ख़ुश्बू बचाये रह जाता है अपने अंदर

लकड़ियाँ जलकर बुझ जाने के बाद
सुलगती रहती हैं जिस तरह धीरे-धीरे

ठीक वैसे ही तुम्हें अलविदा कहने के बाद
बचाकर ख़ुद में थोड़ा-सा रखा है
तुम्हें अपने भीतर महकने के लिए।

* * *

4. हाथों की लकीरों में

मेरे हाथों की लकीरों में
अब भी नाम छुपा है तुम्हारा
हाँ मैंने देखा आज
जब एक छोटा-सा काँटा चुभा आज
झट तुम याद आ गये
जब तुमने ले लिया था मेरा हाथ
अपनी दोनों हथेलियों के बीच
और सहलाते रहे थे घण्टों
मैं निहारती रही थी तुम्हें
और तुम बस देखे जा रहे थे
मेरे हाथ में चुभे काँटों के घाव को
कितना डाँटा था मुझे
मेरे लापरवाह होने पर
मैं मन ही मन मुस्कुराती रही थी
तुम्हारे प्यार पर, तुम्हारे अपनेपन पर।

* * *

5. कैसा इत्तिफ़ाक़ है

एक वो रात थी
जब पूरा वक़्त गुज़र जाता था
कभी तुम्हारी बातों में तो
कभी तुम्हारे साथ बिताये गये पलों की यादों में
एक ये रात है
जब पूरा वक़्त गुज़र जाता है
कभी घड़ी की टिक टिक सुनने में तो
कभी इधर से उधर करवट बदलते हुए
पर यह कैसा इत्तिफ़ाक़ है
नींद न तब थी आँखों में
न आज है।

* * *

6. ऐ दिल- ए- नादान

ऐ मेरे नादान दिल
तू तो समझ मेरी मुश्किल
क्यों यूँ गुमसुम-सा हो गया है
बिन कुछ कहे चल पड़ा है
माना थोड़ी देर से आयी
पर इतना क्यों ज़िद पे अड़ा है
चल अब मान भी जा
आ बैठ कुछ देर पास मेरे
कह ले मन की बात तेरे
आज आयी हूँ फ़ुरसत से
दूर करने तेरे सारे गिले
इसलिए तू भी अब मुआफ़ कर
साथ जी ले कुछ पल मेरे।
* * *

7. नयी शुरूआत

कुछ भूलूँ कुछ याद करूँ
तुम कहो तो कुछ बात करूँ
याद करूँ उन सपनों को
जो मिलकर देखे थे हमने कभी
भूल जाऊँ उन बातों को
जिस पर हम लड़ते थे कभी
मैं तो क़दम बढ़ा चुकी हूँ
तुम तैयार हो तो नयी शुरूआत करूँ।
* * *

8. बोलो न

न तुम यहाँ हो
न मैं वहाँ हूँ
हम यहीं कहीं हैं
एक साथ
एक-दूसरे के पास
कुछ मैं कहती हूँ
तुम सुन लेते हो
कुछ तुम नहीं कहते हो
मैं समझ लेती हूँ
फिर कैसे मान लें
हम नहीं हैं
न यहाँ
न वहाँ
बोलो न।

* * *

9. चित्रफ़लक

मन के चित्रफ़लक (Canvas) पर
कुछ तस्वीरें उकेरी हैं
ढूँढ़ रही हूँ कुछ रंगों को
बड़े जतन से उसमें भरने को
कुछ रंग तो मुस्करा रहे हैं
पर कुछ थोड़े उदास बैठे हैं
उन चेहरों की याद में
जिन पर कभी सजे थे वो
सोच रही हूँ इन उदास रंगों को
सबसे ख़ूबसूरत तस्वीर में भर दूँ
जिससे ये रंग भी मुस्कुरा उठें
खिल उठें जी उठें।

* * *

10. क़समें-वादे

ओढ़ ली है तुमने ख़ामोशी की चादर
पर है मुझे तुम्हारे हर एहसास की ख़बर
लाख छुपा लो तुम अपने जज़्बात को
पर आँखों की नमी हाल-ए-दिल बयाँ कर देती है
मत तड़पाओ ख़ुद को इस क़दर कि
मैं छोड़कर आ जाऊँ पास तुम्हारे अपना शहर
गर ऐसा हुआ तो वो क़समें भी टूटेंगी और वो वादे भी
जो ली थी हमने कुछ अपनों की ख़ातिर।

* * *

11. भीगने के इंतिज़ार में

बादलों को धीमे-धीमे
आसमान में चलता देख
लगा मानो तुम चले आ रहे हो
दबे पाँव चुपके से
बाँहों में अपने भर लेने को
इंतिज़ार में बैठी मुहब्बत को
तुम्हारे आने की आस में
आइने के सामने खड़ी वह
घण्टो सजती रही, सँवरती रही
पर न तुम आये
न बरसात हुई
न उसका मन भीगा
न धरती का तन भीगा
दोनों फिर से इंतिज़ार में है भीगने के
धरती पानी में
और वह तुम्हारे प्रेम में।
* * *

12. चैन की नींद

रात की तन्हाई बन
तुम आँखों में उतर आते हो
मैं झट आँखों को बन्द कर
नींद की कुण्डी चढ़ा लेती हूँ
जकड़कर बाँहों में तुम्हें
सीने में छुपा तुम्हारा दिल
टटोल लेती हूँ
ख़ुद को पाकर तुम्हारे भीतर
चैन की नींद सो लेती हूँ।

* * *

13. बिना सिलवट

कुछ बीते लम्हे निकालकर
यादों के सन्दूक़ से
बिछा देती हूँ बिस्तर पर
सपनों की चादर को
ओढ़ लेती हूँ खींचकर
सर से पाँव तक
खो जाती हूँ
नींद की आग़ोश में
तुमसे मिलने की आस में
जी लेना चाहती हूँ
थोड़े से और पल तुम्हारे साथ
बिना किसी सिलवट के।

* * *

14. ख़ामोशियाँ

ख़ामोशियाँ सुनाना चाहती हैं
हाल-ए-दिल मेरा
उदासियाँ गाना चाहती हैं
इक दर्द भरा नग़मा
तन्हाइयाँ बिताना चाहती हैं
कुछ पल सुकूँ के
मैं गुनगुनाना चाहती हूँ
बस इक नाम तेरा
आ भी जा अब
नैन थक चुके हैं तकते राह तेरी।
* * *

15. नैनों की चादर

नींद की तकिया सजी है
लोरी के बिछौने पर
तारे टकटकी लगाये हैं
सपनों की खटिया पर
छुप जाना तू कुछ पहर
नैनों की चादर में
नज़र न लग जाय तुझे
अपने ही आँगन में।
* * *

16. हूक

तुम्हारे जाते ही
हमारा छोटा-सा घर
उदास हो जाता है

नीचे से ऊपर और
ऊपर से नीचे जाती सीढ़ियाँ
ख़ामोश हो जाती हैं
क्योंकि उस पर
तुम्हारी पदचाप नहीं सुनायी देती

दफ़्तर से लौटकर
दरवाज़े पर लगे ताले को खोलती हूँ
पर दिल की खिड़की बन्द ही पड़ी रहती है
क्योंकि घर में
तुम्हारी आवाज़ नहीं सुनायी देती

बिस्तर पर सोने जाती हूँ
तकिये के नीचे छुपी चादर
उदास-सी झाँक रही होती है
क्योंकि इसके सीने पर
तुम्हारी धड़कन नहीं सुनायी देती

झोंका हवाओं का डराता है मुझे
बादलों में छुपा चाँद
इतराता है अपनी क़िस्मत पर
क्योंकि तुम्हारे रहते
मैं उसे भाव नहीं देती

सुबह आँख मींचते उठकर
रसोई में जाती हूँ
एक के बजाय दो कप चाय बनाती हूँ
क्योंकि मुझसे
सिर्फ़ अपने लिए चाय नहीं बनायी जाती

मत जाया करो यूँ
क्योंकि तुम्हारे जाते ही
हमारा छोटा-सा घर
उदास हो जाता है।
* * *

17. दिल की नज़र से

वो सारे अल्फ़ाज़ जो बिन कहे
सुने जाने थे
बोलकर भी अनसुने क्यों रह गये

सुलझाये जाने थे जो मसअले
साथ-साथ चलकर
उलझकर उनमें राह क्यों भूल गये

जिन आँखों को पढ़ा जाना था
दिल की नज़र से
कोरे काग़ज़ बनकर क्यों रह गये

मोम से नाज़ुक अरमान जो
मचलते थे मन के भीतर
सच से टकराकर चूर-चूर क्यों हो गये

चूमे जाने थे जो होंठ नर्म
ओस की बूँदों की तरह
इश्क़ में भीगकर भी शुष्क क्यों रह गये।
* * *

18. भला ऐसे भी कोई मुहब्बत किया करता है

भला ऐसे भी कोई मुहब्बत किया करता है
महबूब के दिल की हर साँस में बसता है
पर अपने ही दिल की धड़कन से डरता है
निकला है घर से मंज़िल की चाह में
पर सफ़र में पैरों के छालों से बचता है
भटकता है दर-बदर सुकून की तलाश में
ख़ुद अपने ही भीतर तूफ़ान लिये चलता है
भला ऐसे भी कोई मुहब्बत किया करता है।

* * *

19. होना तुम्हारे प्रेम में

तुम्हारे प्रेम में होना
बिलकुल वैसे ही है
जैसे नदी के दो किनारों का मिलना
साथ चलती हूँ
हर दिन तुम्हारे
पर एक निश्चित
फ़ासले के साथ
फिर भी मैं हर दिन
तुम्हारे प्रेम में पड़ती हूँ
चूमती हूँ जब हर सुबह
तुम्हारे माथे को
उड़ेलती हूँ भीतर का सारा प्रेम
और पीने की कोशिश करती हूँ
तुम्हारी परेशानियों को
चूमती हूँ जब हर रोज़
तुम्हारे मासूम-से चेहरे को
अपनी आँखों से
और ढूँढ़ती हूँ कुछ सुकूँ भरे पल
चूमती हूँ जब तुम्हारी आँखों को
टटोलती हूँ हमारे सपनों को
जो अब भी साँस ले रहे हैं
तुम्हारी आँखों में
चूमती हूँ जब तुम्हारी ख़ामोशियों को
जिससे जान पाऊँ तुम्हारे
अनकहे जज़्बात को
चूमती हूँ जब तुम्हारे सीने को
जिससे सुन पाऊँ
तुम्हारे हृदय के

भीतर की उथल-पुथल को
पर मैं सबसे ज़ियादा
प्रेम में तब पड़ती हूँ
जब तुम मुझे मिले बिना
मेरी आवाज़ की चुप्पी को
सुन लेते हो
और मेरे दर्द के एहसास से
तड़प उठते हो
अब मैं तुम्हें थोड़ा-थोड़ा
जानने भी लगी हूँ
तुम्हे प्यार जताना नहीं आता शायद
पर प्यार निभाना बख़ूबी आता है।
* * *

20. पत्थर मोम न बन पायेगा...

मेरे दिल का एक कोना
पत्थर है
जो मोम न बन पायेगा कभी
जानते हो क्यों?
क्योंकि ये वही पत्थर है
जिस पर तुम अपना नाम
खुरच गये थे
हमेशा-हमेशा के लिए
जिसे मैं चाहकर भी मिटा न पाऊँ
ठीक वैसा ही हुआ
बीते सालों में मैंने
कई बार तुम्हारा नाम मिटाना चाहा वहाँ से
बार-बार कोशिश की
उन स्मृतियों को पिघलाने की
जिसके तले मैं अक्सर ख़ुद को
घायल कर बैठती हूँ
पर अब जान चुकी हूँ
दिल का ये कोना
ताउम्र पत्थर ही रहेगा
मोम न बन पायेगा कभी।

* * *

21. हँसी का एक क़तरा

मेरे साथ चलते-चलते
वहीं कहीं गिर गया था
तुम्हारी हँसी का एक क़तरा
उठा लायी थी आँचल में बाँधकर
अपने साथ हमेशा हमेशा के लिए
जब भी उदास होती हूँ
सजा लेती हूँ इसे अपने अधरों पर
एक मुस्कुराहट तैरने लग जाती है
बेफ़िक्री के साथ मेरे होठों पर
ठीक वैसे ही, जैसे मछलियाँ
मनाती हैं अपनी आज़ादी का जश्न
गहरे तालाब में तैरते हुए
किसी मछुआरे के जाल से बच निकलने के बाद।
* * *

22. प्रेम राग

तुम्हें हमेशा शिकायत रही है मुझसे
मैं नहीं व्यक्त कर पाता अपना प्रेम
ग़लती मेरी नहीं मेरे संस्कारों की है
जो रोक लेते हैं मुझे हर बार
खुलकर इज़हार करने से
पर तुम तो दावा करती हो न
मुझे मुझसे बेहतर जानने का
फिर क्यों नहीं पढ़ पाती
तुम मेरी बेचैनी
जब तुम रूठकर मुझसे
बात करना बंद कर देती हो
मैं लड़ता हूँ तुमसे
जिससे तुम उड़ेल सको
अपनी सारी नाराजगी मेरे ऊपर
क्यों नहीं पहचान पाती
तुम मेरी नीरस सुबह
जब तुम मुझे अकेला छोड़कर
मैके चली जाती हो
डिब्बा भर चीनी भी दूर नहीं कर पाती
चाय का फीकापन
क्यों नहीं जान पाती तुम
मेरी झुँझलाहट
जब नहीं भाता मुझे होटल के खाने का स्वाद
क्योंकि मुझे पसन्द है
तुम्हारे हाथ का बना वो चटपटा अचार
क्यों नहीं समझ पाती तुम
मेरे मन की बात

जब मैं रोकता हूँ तुम्हें
मुझे छोड़कर बाहर जाने से
काटने को दौड़ता है मुझे
घर में चारों ओर फैला सन्नाटा
और हाँ! शायद तुम भूल गयी हो
प्रेम का पहला बोसा भी
तुमने ही तो दिया था मुझे
मैं पहले भी कहाँ बोल पाया था
तुमसे अपने दिल की बात
पहले की तरह तुम अब भी
समझ जाया करो न
बिन बोले मेरे हर जज़्बात।
तुम तो जानती हो न
मुझे मेरे बोलने से ज़ियादा
तुम्हें सुनना पसंद है
आज छेड़ दो न एक बार फिर से
वही पुराना प्रेम राग।
* * *

23. लफ़्ज़ों की लड़ी

बड़ी देर से
लफ़्ज़ों की एक लड़ी बनाने बैठी हूँ
पर देखो न
आज ये किसी धागे में बँधने को तैयार नहीं
एक को लाती हूँ तो दूसरा भाग जाता है
उन्मुक्त हो बारिश में भीगने के लिए
एक-एक कर सारे लफ़्ज़
बूँदों से खेलते हुए मुझे मुँह चिढ़ा रहे
सच-सच बताओ
कहीं तुम मोहब्बत बनकर तो
नहीं बरस रहे इन पर।

* * *

24. मेरे रँगरेज़

मेरे शब्द बनकर भौंरा
नाचना चाहते हैं
मेरे जीवन के हर पन्ने पर
बारिश की नाज़ुक बूँदें
बजना चाहती हैं
बनकर मेरे पैरों की पायल
हवाओं की आवारगी
चूमना चाहती है मुझे
बनकर मेरा मनमीत
शायर की हर ग़ज़ल
छूना चाहती है मेरी रूह
बनकर मेरे लब का गीत
चाँद बतियाना चाहता है
रात - रात भर मुझसे
बनकर मेरा दीवाना
मैं हँसती हूँ
इन सबके भोलेपन पर
मेरे हर शब्द
रँगे हैं तुम्हारे इश्क़ में
जिससे रँगती हूँ मैं
हर रोज़ अपना संसार
सुन रहे हो न तुम
मेरे रँगरेज़।

* * *

25. जब तुम आओगे

मैं हर रोज़ लिखती हूँ तुम्हें
और पोस्ट कर देती हूँ
उस अंजान जगह पर
जिसका पता जाने से पहले
तुम देना भूल गये थे मुझे

एक भी ख़त अभी तक
वापस लौटकर नहीं आया मेरे पास
मैं समझने लगी हूँ
शायद मेरे ख़त ने खुद ढूँढ़ लिया है
तुम्हारा पता

दिल की बात करूँ तो
मुझे इंतिज़ार है उस दिन का
जिस दिन तुम ख़ुद
चलकर आओगे मेरे पास
मेरे लिखे हर एक ख़त का जवाब देने

बहुत लिखा है तुम्हें
पर थोड़े एहसास छुपाकर रख दिये हैं
काग़ज़ और क़लम की पकड़ से
जिसे तुम्हारी पीठ पर लिखूँगी
जब तुम आओगे।

* * *

26. प्यार बेवक़ूफ़ियों का पुलिंदा भर तो है

हर सुबह जब तुम सो रहे होते हो
तुम्हारे चेहरे को घण्टों निहारना
तुम्हारे घुँघराले बालों में
आहिस्ता-आहिस्ता उँगलियाँ फेरना
झुककर तुम्हारे माथे को चूमना
उगते सूरज में उम्मीद तलाशना
ठण्डी-ठण्डी हवाओं और बारिश की बूँदों में
ख़ुशी तलाशना
नदी, सागर, पहाड़ में जीवन ढूँढ़ना
आसमान में छिटके चाँद-तारों के बीच
तुम्हारी तस्वीर बनाना
रास्ते मे ज़रा-सी ठोकर लगते ही
तुम्हारे हाथों का सहारा लेना
उदास होने पर तुम्हारे काँधे पर
सिर रखकर चुपचाप बैठे रहना
बिना चीनी की चाय में मिठास देखना
दोपहर को फोन करके खाने के लिए पूछना
दफ़्तर से तुम्हारे लौटने के कई घण्टे पहले से
तुम्हारा इंतिज़ार करना
ये जानते हुए कि तुम समय से ही आओगे
तुम्हारे न होने पर भी बिस्तर की सिलवटों में
तुम्हें महसूस करना भले ही
तुम्हारे लिए बेवकूफ़ियों का पुलिंदा हो
पर मेरे लिए ये प्यार के ख़ूबसूरत रंग हैं
जिन्हें मैं बड़े प्यार से अपने मन में सजाती हूँ।

* * *

27. जैसे हम प्रेम करते हैं

मुझे तुम्हें पाने की
न कभी कोई जल्दी थी
न कभी कोई चाह
तुम्हें प्रेम करने से पहले
मैंने कभी नहीं सोचा
इस रिश्ते की परिणीति के बारे में
जैसे फूलों के खिलने से पहले
हम नहीं सोचा करते मुरझाकर गिर जाने के बारे में
मुझे तुमसे प्रेम करना था
जो मैंने जी भरकर किया
बिना इस उम्मीद कि तुम भी प्रेम के लिए मुझे ही चुनो
मैंने तुमसे प्रेम किया ठीक वैसे ही
जैसे हम प्रेम करते हैं
नदी, समुद्र, आकाश और धरती से।

* * *

28. तुम्हारी चोरी

जितनी बार भी तुमसे मिलती हूँ
तुम्हारी नज़रों से बचाते हुए
तुम्हें थोड़ा-सा चुराकर अपने पर्स में डाल लेती हूँ
कभी तुम्हारे होठों की वो हँसी
जिसमें बच्चों-सी मासूमियत झलकती है
तो कभी तुम्हारे सिगरेट के धुएँ की महक
जो कॉफ़ी पीने के बाद भी घुली रह जाती है
तुम्हारी साँसों में
तुम्हारा दर्द छुपाने का हुनर भी
धीरे से चोरी कर लेती हूँ कभी-कभी
जब तुम आँखें नीचे करके
अपना चश्मा साफ़ करने का बहाना करते हो
और पी लेते हो आँसू का एक क़तरा सबसे छुपकर।
तुम्हें बताया नहीं मैंने कभी
पर मैंने तुम्हारा झूठ बोलने का वो अंदाज़ भी
चुरा लिया था एक दिन
जब तुम्हारा बटुआ ख़ाली था और तुमने पेट दर्द का बहाना कर मना कर दिया था उस महँगे पाँच सितारा होटल में जाने से
क्या-क्या बताऊँ तुम्हें
पर यह सच है मेरा पर्स तुम्हारी चोरी की हुई चीज़ों से भरा पड़ा है
जिसे मैं तुम्हें कभी वापस नहीं करने वाली।

* * *

29. सलाख़ें

हम आज़ाद थे जब
जाति से
धर्म से
मज़हब से
रूढ़िवादिता से

तब हम सिर्फ़ इंसान थे
इसलिए प्रेम किया
एक-दूसरे से
बिना किसी और पहचान के

अब समाज में हमारे रिश्ते की पहचान है
हमें बाँध दिया गया है एक-दूसरे से
मजबूरियों की मज़बूत गाँठ के साथ
इस गाँठ के बीच कसमसाते हुए
प्रेम अब अपनी आख़िरी साँसें गिन रहा है।

* * *

30. मौन प्रेम

न मिलता प्रेम तुम्हारी बातों में
न तुम्हारी आँखों में
तुम्हारी पोटली की भी तलाशी ली मैंने
पर प्रेम वहाँ से भी नदारद रहा
कई बार तुम्हारी शर्ट की जेब पर पहरा बिठाया
पर प्रेम वहाँ भी न नज़र आया
थक-हारकर मैंने समझा लिया ख़ुद को
प्रेम एक ख़याल मात्र ही तो है
राज और सिमरन वाला प्यार असल ज़िन्दगी में कहाँ होता है
असल प्यार तो छुपा होता है
उस फ़िक्र में जब रात भर जागकर
कोई सुलाता है बीमार साथी को
उस दुआ में, जब दवा जवाब दे देती है
किसी अपने को वापस ज़िंदगी में लाने में
उस सुबह में, जब नींद में चूर होने पर भी
कोई घोल देता है मिठास एक प्याली चाय में
उस शाम में, जब काम से थककर लौटने पर
कोई खड़ा मिलता है दरवाज़े पर इंतिज़ार में
उस बुरे वक़्त में जब ज़माना छोड़ देता है साथ
कोई चट्टान बन हौसला देता है तूफ़ान के थम जाने का
उस बुढ़ापे में जब सताता है अकेलापन
और कोई धीरे से आकर थाम लेता है झुर्रियों वाला हाथ
शायद हमारा प्रेम भी ऐसा ही है
जो शब्दों से ज़ियादा मौन में परिभाषित होता है।

* * *

31. दिसम्बर का वादा

तुमने कहा था तुम जहाँ भी होगे
मैं तुम्हें देख पाऊँगी हर साल दिसम्बर की ठण्ड में
खेतों में लहलहाते मटर की सफेद बैंगनी फुनगियों में
सरसों के चमकीले पीले फूलों की मुस्कुराहट में

पहाड़ों के बीच हाथों में हाथ डाले घूमते
नवविवाहित जोड़ों के बीच पनपते प्रेम में
दुल्हन के हाथों में रची मेहँदी के लाल रंगों में
छुपे सुनहरे कल की उम्मीदों में

गंगा किनारे धूप सेंकने का मज़ा लेने आये
विदेशी पक्षियों की चहचहाहट में
बरबस ही उग आयी ओस से ढकी
आँगन के दूब की नमी में

तुम्हारी बातें अब सच जान पड़ती हैं
ये तेरह साल बस तेरह दिन की तरह लगते हैं
जैसे कल ही तुमने मुझसे
दिसम्बर में मिलने का वादा किया हो
और आज ही दिसम्बर ने दरवाज़े पर दस्तक दे दी हो
तुम लौट आये हो एक बार फिर से
कभी वापस न जाने के लिए।

* * *

32. मुझे उससे मुहब्बत हो गयी

बात बस इतनी-सी थी कि मुझे उससे मुहब्बत हो गयी
वक़्त-बेवक़्त उसके ख़यालों की आदत हो गयी
मैं इल्ज़ाम देती भी उसे तो क्या देती
उसे ख़बर ही कहाँ थी कि मैं उसके प्रेम में मीरा हो गयी

जाने कितनी रातें बिन सोये कट गयीं
जाने कितनी बातें बिन बोले रह गयीं
बोलती भी तो कहाँ समझ पाता वह मेरे जज़्बात
मेरे इज़हार से पहले उसे किसी और के साथ
जीने की आदत हो गयी

मैं उसकी राधा वह श्याम मेरा है
अलग-अलग रहना क़िस्मत का लेखा है
चाहत नहीं अब किसी मंदिर मस्ज़िद या गिरिजाघर में जाने की
उससे इश्क़ करना ही अब मेरी इबादत हो गयी

मैं बँधी हूँ उससे एहसासों की डोर से
न टूटेगा यह बंधन अब किसी ज़ोर से
वह मिल न सका मुझे तो क्या
उसे चाहना ही मेरे हर साँस की ज़रूरत बन गयी

इकतरफ़ा इश्क़ का भी अपना मज़ा है
न पाने की ख़्वाहिश न खोने का ग़म है
मुझसे दूर वह कहीं मस्त मलंग फ़क़ीर-सा फिर रहा
और यहाँ मैं उसके प्रेम में दीवानी हो गयी
बात बस इतनी-सी थी कि मुझे उससे मुहब्बत हो गयी।

* * *

33. मेरी पीठ पर जो कविता बोयी थी

चलो माना हम बहुत दिनों से नहीं मिले
एक-दूसरे की बाँहों में बेपरवाही से नहीं सजे
पर तुम्हारे होठों ने मेरी पीठ पर
जो कविता बोयी थी न
मानसून की बूँदों का साथ पाकर
खिल उठी है मेरी स्मृतियों में
यक़ीन मानो हमारी मोहब्बत से
ज़रा भी कम सुंदर नहीं है
इश्क़ की यादों का यह गुलदस्ता।
* * *

34. तुम्हारा भेजा हुआ चुम्बन

बादलों ने तुम्हारा दुःख समेटा
बारिश की बूँदों ने तुम्हारा प्रेम
और बरस पड़ा सावन बनकर
घर के आँगन में, गली और चौबारे में
पेड़ों की टहनियों पर, फूलों और कलियों पर
पर मैं जानती हूँ ये तुम्हारा भेजा हुआ
वो चुम्बन है जो मैं छोड़ आयी थी
तुम्हारे माथे पर पिछली मुलाक़ात में।
* * *

35. आईना मेरा चेहरा पढ़ता है

मेरा आईना मेरा चेहरा पढ़ता है
चुप रहकर भी मुझसे हज़ार बातें करता है
मेरा आईना मेरा चेहरा पढ़ता है

मेरे माथे पर जो उभर आती है दर्द की कोई महीन रेखा
परेशान होकर मुझसे सैकड़ों सवाल करता है
मेरा आईना मेरा चेहरा पढ़ता है

मेरे होठों पर सदा मुस्कुराहट पसंद है उसे
जो कभी बिखर जाये उदासियों की काली स्याही
तो सहलाते हुए उसमें नये रंग भरता है
मेरा आईना मेरा चेहरा पढ़ता है

मेरी ज़िंदगी की लड़ाइयों से वह भली-भाँति वाक़िफ़ है
जो थक जाऊँ कभी तो हौले से मेरे कन्धे सहलाता है
मेरा आईना मेरा चेहरा पढ़ता है

मेरी छोटी-छोटी आँखों में
बड़े-बड़े ख़्वाब पलते हैं वह जानता है
मेरी पलकें गर कभी भीग जायें तो वह भी तड़प उठता है
मेरा आईना मेरा चेहरा पढ़ता है

मेरे गाल के काले तिल का वह दीवाना है
कंसीलर से जो छुपा तो जरा नाराज़ होता है
मेरी आईना मेरा चेहरा पढ़ता है
चुप रहकर भी मुझसे हज़ार बातें करता है।

* * *

36. तुम्हारे बिना जिये जा रही हूँ

तुमसे किये वादे पूरे किये जा रही हूँ
तुम्हारी ख़ातिर तुम्हारे बिना ही जिये जा रही हूँ

थाम लिया था जो हाथ तुमने मेरा सबके सामने
उन सबके उलटे-सीधे सवालों का जवाब दिये जा रही हूँ
तुम्हारी ख़ातिर तुम्हारे बिना ही जिये जा रही हूँ

मेरी आँखें, जिनकी ख़ामोशी तुम पढ़ लिया करते थे
आज इनके भीतर उठ रही लहरों को
अकेले पार किये जा रही हूँ
तुम्हारी ख़ातिर तुम्हारे बिना ही जिये जा रही हूँ

तुम्हारी मीठी-सी बातें जो दिल में उतर जाया करती थीं
उनका भेद न खुल जाय इसलिए होठों को सिये जा रही हूँ
तुम्हारी ख़ातिर तुम्हारे बिना ही जिये जा रही हूँ

जिस बंधन से तुमने मुझे रिश्ते में बाँधा था
उस बंधन को तोड़ दूर चली जा रही हूँ
तुम्हारी ख़ातिर तुम्हारे बिना ही जिये जा रही हूँ

तुम्हें ज़िन्दगी में तेज़ रफ़्तार पसन्द थी
तुम बहुत आगे निकल सको इसलिए
दो क़दम पीछे लिये जा रही हूँ
तुम्हारी ख़ातिर तुम्हारे बिना ही जिये जा रही हूँ

तुम्हें उजली चमकती बहकती थिरकती रातें पसंद थीं
हर रात चुपचाप चाँद का दीदार मैं किये जा रही हूँ
तुम्हारी ख़ातिर तुम्हारे बिना ही जिये जा रही हूँ

कभी-कभी तुम याद बहुत आते हो
तुम्हें भूल सकूँ इसलिए जीवन में आगे बढ़ी जा रही हूँ
तुम्हारी ख़ातिर तुम्हारे बिना ही जिये जा रही हूँ

तुम अपने प्यार का खुलकर इज़हार किया करते थे
मैं चुपचाप आज भी मोहब्बत किये जा रही हूँ
तुम्हारी ख़ातिर तुम्हारे बिना ही जिये जा रही हूँ।
* * *

37. मुझे भुला देना

मैं चली जाऊँगी तुमसे दूर तो मुझे भुला देना
याद करके साथ बीते लम्हों को मुस्कुरा देना
साथ नहीं होंगे हम तो क्या
किशोर कुमार के रोमांटिक नम्बर
कभी अकेले में ही गुनगुना लेना

अब मैं नहीं होऊँगी हर क़दम तुम्हें टोकने के लिए
स्किन टैन न हो जाये इसलिए धूप में
निकलने से पहले सनस्क्रीन लगा लेना
खुद से तुम अपनी पीठ पर मूव नहीं मल पाओगे
मेज़ की ड्रॉर में स्प्रे रखा है निकालकर लगा लेना

सुबह उठकर फिर से सिगरेट मत पीने लगना
मॉर्निंग टी से पहले एक गिलास गुनगुना पानी ज़रूर लेना
रोज़ कैण्टीन का ऑयली खाना मत खाना
हफ़्ते में कम से कम चार दिन खाना घर पर ही बना लेना

तुम्हारी नीली शर्ट जो मेरी फेवरेट थी
उसे अपने साथ लिये जा रही हूँ
उसके बदले कोई नयी नीली शर्ट मँगा लेना
जब उस शर्ट को पहनकर खुद को आईने में देखना
तो एक टीका काजल का मेरे नाम से
अपने कान के पीछे लगा लेना

तुम्हारा दिया सबसे क़ीमती तोहफा मेरे घुँघरू
मैं तुम्हारी आलमारी में छोड़े जा रही हूँ
कभी तुम्हारी बेटी हो तो उसे ये पहना देना
और ग़लती से ही सही अगर वह कभी कथक सीखना चाहे
तो उसे बेझिझक मेरे घर का पता बता देना
* * *

38. मुहब्बत में एक और क़दम

उसकी छोटी-छोटी ग़लतियों पर अब मुस्कुराने लगी हूँ मैं
मोहब्बत में एक और क़दम आगे बढ़ी हूँ मैं

शुरूआत में मैं उससे लड़ती बहुत थी
आने में ज़रा देर हो तो झगड़ती बहुत थी
पर अब कुछ पल ठहरकर इंतिज़ार करने लगी हूँ मैं
मुहब्बत में एक और क़दम आगे बढ़ी हूँ मैं

पहले मैं अक्सर उससे रूठ जाया करती थी
तौलिया बिस्तर पर रख दे तो ख़ूब चिल्लाया करती थी
पर अब कुछ बोलने से पहले सोचने लगी हूँ मैं
मुहब्बत में एक और क़दम आगे बढ़ी हूँ मै

हम दोनों को खाना बनाना नहीं आता था
उसे टोस्ट और मुझे बस मैगी बनाना आता था
पर उसकी हेल्थ को ध्यान में रखकर
दाल चावल पकाने लगी हूँ मैं
मुहब्बत में एक और क़दम आगे बढ़ी हूँ मैं

मुझे लव स्टोरीज़ देखना पसंद है
वह फ़ुटबॉल और क्रिकेट का दीवाना है
उसके ऑफिस में व्यस्त होने पर
टीवी में स्कोर देखकर उसे बताने लगी हूँ मैं
मुहब्बत में एक और क़दम आगे बढ़ी हूँ मैं

वो कहता है मुझसे मैं बदल गयी हूँ अब
झल्ली थी पहले, समझदार हो गयी हूँ अब
कहती हूँ, उसे अब थोड़ा और समझने लगी हूँ मैं
मुहब्बत में एक और क़दम आगे बढ़ी हूँ मैं।

* * *

खण्ड - दो

स्वयंसिद्धा

1. औरतें इश्क़ बोती हैं

औरतें इश्क़ बोती हैं
सींचती हैं उसे
प्रेम और चाहत की खाद से
वही इश्क़ जवान होते ही
बेच दिया जाता है
समाज के ठेकेदारों द्वारा
धर्म, जाति, बिरादरी
और सरहद की मण्डी में

औरतें नदी होती हैं
भरी होती हैं गले तक लबालब पानी से
जिसका अपना कोई रंग नहीं होता
इसलिए फिर से चढ़ा लेती हैं
प्रेम की नयी परत अपने ऊपर
और बहती हैं उसी प्रवाह से
पूरा करने को अपने सभी
पारिवारिक और सामाजिक दायित्व

औरतें कुआँ होती हैं
समा लेती हैं सब दर्द अपने भीतर
उठाकर रख देती हैं
अपनी सभी चाहतें ताक़ पर
और जब कभी कमज़ोर पड़ती हैं
दिल में उग आये एहसास से
चख लेती हैं थोड़ी-सी
पुरानी याद सबसे छुपाकर

औरतें मज़दूर होती हैं

जोड़ती हैं एक-एक ईंट
किसी का महल बनाने के लिए
और सो जाती हैं खुद
सड़क किनारे किसी झोपड़ी में
आहुति देकर अपने मोहब्बत की
समर्पित कर देती हैं खुद को
पति रूपी नये प्रेमी को।

* * *

2. तलाक़शुदा औरतें

ये तलाक़शुदा औरतें हैं
पर ये उन तलाक़शुदा औरतों से बहुत अलग हैं
जिनको उनके पति ने बाँझ होने के कारण दे दिया था तलाक़
और रचा ली थी दूसरी शादी
ये उन औरतों से अलग हैं जो कई-कई बेटियाँ
जनने के कारण वापस लौटा दी गयी थीं
मैके और वहीं पर पहुँच गया था उनके पास तलाक़ का पेपर
ये उन औरतों से अलग हैं जो बेटा पैदा करने की ख़ातिर
अपनी जान जोखिम में डाल निभाती हैं वंश वृद्धि का वादा
ये उन औरतों से अलग हैं जिनका पति लगाता है
उन पर चरित्रहीन होने का लांछन
और वह देती हैं अपने पतिव्रता होने की दुहाई
ये उन औरतों से अलग हैं जो अपने पिता को
बुढ़ापे में अकेले छोड़ निभाती हैं अच्छी बहू होने का फ़र्ज़
ये उन औरतों से अलग हैं जो रात के अँधेरे में सहती हैं
अनगिनत दुःख और सुबह मुस्कुराती हुई करती हैं आरती
ये उन औरतों से अलग हैं जिन्होंने
शादी बचाने के लिए आहुति दे दी अपने आत्मसम्मान की
ये उन औरतों से अलग हैं जो बच्चे का नाम लेकर
छुपाती रहीं अपना डर
जो उसे तलाक़शुदा का टैग मिलने से लगता था
ये उन औरतों से अलग हैं जिनके पति दाल में नमक ज़ियादा
हो जाने के कारण आँगन में फेंक देते थे खाने की थाली
ये उन औरतों से अलग हैं जो देखती रहीं
जीवन भर एक बार पति के पीछे बाइक पर बैठने का सपना
ये उन औरतों से अलग हैं जो सोचती हैं अपनी अच्छाई और
सुशील व्यवहार से एक दिन वह जीत लेंगी पति का दिल
ये उन औरतों से अलग हैं जिनके पति ने

अपनी किसी प्रेमिका के प्रेम में कर दिया था उनका परित्याग
सच कहूँ तो ये तलाक़शुदा औरतें बहुत अलग हैं
इन्होंने पति के द्वारा छोड़े जाने का नहीं किया इंतिज़ार
नहीं किया अपने मान-सम्मान के साथ समझौता
नहीं भूलीं अपने बुज़ुर्ग माँ पिता के प्रति अपनी ज़िम्मेदारी
नहीं डरीं समाज के द्वारा दी जाने वाली उलाहना से
नहीं सहा अपने गाल पर पति परमेश्वर का थप्पड़
नहीं किया भूखे-प्यासे रहकर करवाचौथ का व्रत
और निकल गयीं एक दिन सब कुछ छोड़कर
अपने अस्तित्व और आत्मसम्मान की रक्षा के लिए
भेज दिया दस्तख़त के साथ तलाक़ का पेपर
और ख़ुद ही चुन लिया अपने लिए तलाक़शुदा का टैग।

* * *

3. स्त्रियाँ तर्क करना नहीं जानतीं

कुछ स्त्रियाँ काजल को ही अपना ख़्वाब समझ
आँखों में सजा लेती हैं बड़े क़रीने से
देखती हैं पति और बच्चों के लिए हज़ारों सपने
और उन्हें पूरा करने के लिए करती हैं
ज़िंदगी से हर रोज़ कई समझौते
जिससे बना रहता है भ्रम सुखद दाम्पत्य का

कुछ स्त्रियाँ गोल-गोल रोटियों को ही अपनी दुनिया मान
याद करती हैं विज्ञान की किताबों को
जिनमें पढ़ा था कभी बचपन में कि दुनिया गोल है
नापती हैं चाँद, तारे और धरती की गोलाई
अपनी गोल रोटियों से
और इतराती हैं अपनी पाक कला की कुशलता पर
जो रास्ता है पति के दिल तक पहुँचने का।

कुछ स्त्रियाँ प्रेम और बेबसी के अंतर को नहीं समझतीं
अपनी लाचारी को प्रेम के पतीले में पकाकर
पति को सौंप देती हैं अपने शरीर के साथ-साथ
अपनी इच्छाएँ और अपना मन भी
और बदले में पा लेती हैं अपने मालिक रूपी पति से
कभी मीठे दो बोल, मनपसंद साड़ी और ज़ेवर के साथ

कुछ स्त्रियाँ तर्क करना नहीं जानतीं
निभाती हैं हर परम्परा बिना किसी सवाल के
जिससे स्थापित कर सकें वे खुद को
अच्छी बेटी, पत्नी, बहू और माँ के रूप में
और खो बैठती हैं अपना वास्तविक अस्तित्व और स्वाभिमान
जो किसी भी रिश्ते से पहले आता है।

* * *

4. औरत देह

औरत
यह दिन के उजाले में
शरीफ़ों की जीभ द्वारा
भरी महफ़िल में
सम्बोधित किया जाने वाला
तुम्हारा परिचय भर है

अस्ल में तुम मात्र देह हो
अपने लिए भी
उनके लिए भी और
बाक़ी सबके लिए भी

तुम सचमुच मात्र देह हो
बचपन में भी
जवानी में भी
बुढ़ापे में भी

पिता के लिए तुम देह हो
तुम्हारे पैदा होने पर गोदी में लेकर गाल चूमने वाले पिता को
तुम्हारे चार- छः साल का होते ही
तुमसे दूर होने का बहाना ढूँढ़ना पड़ता है
यह कहकर कि बिटिया अब बड़ी हो रही है

दादी, चाची, मामी के लिए भी तुम देह हो
जो तुम्हारी स्कूल की ट्रेनिंग शुरू होने से पहले
सिखाने लग जाती हैं तुम्हें उठने-बैठने का सलीक़ा
जिससे छुपा सको तुम अपने अंतःवस्त्र
यह कहकर कि लड़कियाँ बेपरवाह नहीं होतीं

पड़ोसियों के लिए भी तुम देह हो
जो तुम्हें दस साल की होते- होते
समझाने लग जाते हैं तुम्हारे माता-पिता को
तुम्हारे फ्राक की लम्बाई बढ़ाने के लिए
यह कहकर कि लड़की की खुली टाँगें अच्छी नहीं लगतीं

पति के लिए भी तुम देह हो
तुम क्या पहनोगी, क्या नहीं पहनोगी
पतली अच्छी लगोगी या मोटी अच्छी लगोगी
तुम्हारे शरीर पर जब चाहे जैसे चाहे हक़ जमा सकता है
यह कहकर कि पति होने के नाते ये अधिकार है उसका

समाज के लिए भी तुम देह हो
तुम्हारे लिए गढ़े गये हर मानक का केंद्रबिंदु तुम्हारा शरीर है
घर, दुकान, दफ़्तर, सड़क, रेड लाइट एरिया
जगह कोई भी हो
क़ीमत सिर्फ़ तुम्हारे देह की लगनी है
क्योंकि रात के अँधेरे में तुम देह मात्र हो।
* * *

5. लम्बा सफ़र

उसने जब भी खिड़की से
बाहर की दुनिया में झाँकना चाहा
खिड़की के स्थान पर दीवारें चुनवा दी गयीं
जिसमें कोई भी झरोखा नहीं था

उसने घर की चौखट से बाहर
एक क़दम रखना चाहा
चारों ओर लक्ष्मण रेखाएँ खींचकर
तय कर दी गयी उसके क़दमों की सीमा

उसने कपड़े, चूड़ी, बिंदी, सिंदूर से
खुद को सजाना शुरू कर दिया
ख़्वाबों को अलविदा कह मुस्कुराना शुरू कर दिया
गँवार और पिछड़ा हुआ घोषित कर दिया गया उसे

उसने पढ़ने और नौकरी करने की इच्छा ज़ाहिर की तो
समाज में भूकम्प पैदा हो गया
इज़्ज़त और संस्कार की दीवार ढहने लगी, जिसको
सँभालने की ज़िम्मेदारी उसके कंधे पर डाल दी गयी

नींद टूटी एक दिन उसकी
नंगे पैर ही भाग गयी वह घर से
दौड़ते-दौड़ते बहुत दूर निकल आयी
खिड़की, लक्ष्मण रेखा, सुहाग की निशानियाँ
अनचाही ज़िम्मेदारियाँ मंज़ूर नहीं थीं अब उसे
पहली बार वह खिलखिलाकर हँसी अपनी बेवक़ूफ़ियों पर
और बैठकर पैरों में पड़े छाले को सहलाने लगी थी
वह जान गयी थी अभी बड़ा लम्बा सफ़र तय करना है उसे।

* * *

6. आज़ाद देश की गुलाम लड़कियाँ

सुनो आज़ाद देश की गुलाम लड़कियों
तुमने जन्म भले ही स्वतंत्र देश में लिया है
पर स्वतन्त्र परिवार और समाज में नहीं
इसलिए ग़लती से भी स्वतन्त्र होकर
जीने का सपना मत पाल लेना
काट दिए जायेंगे पंख तुम्हारे
उड़ान भरने की आहट मात्र से
खींच ली जायेगी तुम्हारी ज़ुबान
शर्मोहया की दुहाई देकर
धज्जियाँ उड़ा दी जायेंगी तुम्हारे चरित्र की
तुम्हारे लिए बनाये गये नियमों की आड़ में
छोड़ दी जाओगी घुट-घुटकर हर पल तड़पने के लिए
संस्कारों की दुहाई देकर
क़ैद कर दी जाओगी चहारदीवारी के भीतर
इंसान रूपी जानवरों का वास्ता देकर
तुम कितना भी चीख़ लो, चिल्ला लो, गिड़गिड़ा लो
ख़ुद को बेगुनाह साबित करने के लिए
खुली हवा में साँस लेने के लिए
पर तुम्हारी एक न सुनी जायेगी
क्योंकि तुम इंसान होने से पहले हो
किसी की बेटी, किसी की बहन और किसी की बीवी
और उससे भी पहले एक औरत यानी एक देह मात्र
जिसका नहीं होता है अपना कोई वजूद
जो उग आती है जंगली घास की तरह बिन चाहे
जिसकी क़िस्मत में लिखा होता है पैरों तले रौंदा जाना
इसलिए समय रहते ग़ुलाम बनकर जीना सीख लो।

* * *

7. आवारा लड़कियों तुम बहुत प्यारी लगती हो

सुनो थोड़ी बुरी लड़कियों
तुम बहुत प्यारी लगती हो
जब ज़माने की फ़िक्र किये बिना
खिलखिलाकर हँसती हो
और रख देती हो लाज और शर्म
रसोई से लगे नून तेल के लिए बने ताक़ पर

सुनो थोड़ी ज़िद्दी लड़कियों
तुम बहुत प्यारी लगती हो
जब चुनती हो काँटों भरी अपनी राह
सोने के पिंजरे की परवाह किये बिना
और उड़ती हो दूर गगन में
जीती हो ज़िंदगी अपनी शर्तों के साथ

सुनो थोड़ी आवारा लड़कियों
तुम बहुत प्यारी लगती हो
जब खुलेआम प्यार का इज़हार कर बैठती हो
प्रेमी की पहल का इंतिज़ार किये बिना
और प्रेम में ठुकरा दिये जाने पर आत्महत्या न करके
फैसला करती हो ज़िंदगी में आगे बढ़ने का

सुनो थोड़ी मनमौजी लड़कियों
तुम बहुत प्यारी लगती हो
जब तुम किसी और के चाहे जाने से पहले
ख़ुद से प्रेम करना सीख जाती हो
और अपने आत्मविश्वास के बल पर
रचने निकलती हो नया इतिहास

सुनो बेहद प्यारी लड़कियों
तुम बहुत प्यारी लगती हो
जब ढूँढ़ती हो ज़िंदगी में मिठास
चखकर अनुभवों का कड़वा स्वाद
और निकाल लेती हो जीने की कोई नयी वजह
भूलकर सारी बुरी बात।
* * *

४. औरतें सड़क पर हैं

अँधेरा होने को है
औरतें आनन-फ़ानन में काम ख़त्म कर
लौट रही हैं वापस अपने पिंजरे में
देवी, दुर्गा, लक्ष्मी का टैग ढोते- ढोते
दुखने लगे हैं उनके कंधे
लोगों की ललचायी नज़रों से खुद को छुपाते-बचाते
भूल बैठी हैं अपनी ताक़त और पहचान
शाम होने को है
औरतें व्यस्त हैं रसोईघर में
निभा रही हैं चूल्हे-चौके से बरसों की दोस्ती
गोल-गोल रोटियों में उतार रही हैं अपनी कलाकारी
रसोई में मौजूद मसालों की ताज़ी ख़ुशबू ही
उनका इत्र है जिसे
भर के साँसों के भीतर महका रही हैं अपनी देह
बहा दे रही हैं सारे सपने अपने नमकीन पसीने के साथ
रात होने को है
टीवी की तेज़ आवाज़ बता रही है
लौट आये हैं गृहस्वामी दफ़्तर से
औरतें पानी, चाय और खाने की सजी हुई ट्रे के साथ
ख़ुद को भी परोस रही हैं बड़े प्रेम से मुस्कुराते हुए
जिससे मिटा सकें मुखिया साहब
सुबह से लेकर शाम तक की थकान
आधी रात होने को है
औरतें सड़क पर हैं
उतार-फेंककर सहनशीलता का लबादा
खड़ी हैं अन्याय के विरोध में
लड़ रही हैं अपने हक़ की लड़ाई
घर में चारों ओर मरघटी सन्नाटा पसरा है

शहर में रौशनी के साथ हंगामा बरपा है
नयी सुबह होने को है
बदलाव की बयार चल पड़ी है
पुरुष जाति सदमें में है
जिन पर उनका एकछत्र राज था अब उसका बँटवारा होगा
मकान-सम्पत्ति, सड़क सब कुछ आधा-आधा होगा
लड़कियाँ भी बेफ़िक्र होकर हँस रही, गुनगुना रही हैं
अपनी आज़ादी का मधुर गीत गा रही हैं
* * *

9. अच्छी औरतें

अच्छी औरतें
तेज़ आवाज़ में बात नहीं करतीं
धीरे-धीरे बोलती हैं
बोलने से पहले हर शब्द तौलती हैं

अच्छी औरतें
अपने लिए कोई ख़्वाब नहीं बुनती हैं
त्याग और समझौते की सलाई पर
पति की उन्नति और बेटे की
तरक़्क़ी बुनती हैं

अच्छी औरतें
बड़ों के सामने ज़ुबान नहीं खोलतीं
उनके हर अन्याय को प्रसाद समझकर
निगल लेती हैं गले के भीतर
बेबसी की लार के साथ

अच्छी औरतें
पैर होते हुए भी अकेले चलना नहीं जानतीं
घर के बुज़ुर्गों और बच्चों को उँगलियाँ
पकड़ाकर उनका सहारा बनती हैं

अच्छी औरतें
जींस पैंट, बुशर्ट, स्कर्ट नहीं पहनतीं
पाँच गज़ की साड़ी के रूप में
वो पहनती हैं घर के संस्कार

अच्छी औरतें
दोस्तों के साथ नुक्कड़ पर
खड़ी होकर चाय नहीं पीतीं
वो पीती हैं हर घूँट में सिर्फ़ नसीहत
जिससे मिल सके
उन्हें अच्छी होने का प्रमाणपत्र

अच्छी औरतें
पति से प्रेम की पहल नहीं करतीं
इंतिज़ार करती हैं उनकी दरियादिली का
जब वो बरसेंगे क़हर बनकर
उनके शरीर पर

अच्छी औरतें
नभ में सितारे नहीं टाँकती हैं
हाथ में सूई-धागा लेकर
बच्चों की शर्ट के बटन टाँकती हैं।

* * *

10. माँ अब बीमार रहने लगी है

माँ अब बीमार रहने लगी है
ठीक होने के लिए शहर गयी थी
सुना है बहुत बड़े डॉक्टर साहेब ने
दो-दो बार ऑपरेशन किया है
मैंने भी देखा है माँ के पेट में ऊपर से नीचे तक
गहरे निशान बन गये हैं
पर पापा कहते हैं माँ अब पहले जैसी कभी नहीं हो पायेगी
डॉक्टर ने दवाइयों के साथ हिदायतें भी दे दी है
ज़ियादा काम नहीं करना है, भारी सामान नहीं उठाना है
धीरे-धीरे चलना है, ज़ियादा से ज़ियादा आराम करना है

पापा ने कहा है अब मुझे घर की ज़िम्मेदारी उठानी है
दादा-दादी और माँ की सेवा करनी है
इसके लिए इंटर के बाद शहर जाकर
पढ़ने के सपने को भूलना होगा
छोटा भाई पहले ही घर से निकल गया है
उसका मनचाहा विषय
हमारे गाँव के स्कूल में उपलब्ध नहीं था
पापा भी बाहर शहर में नौकरी करते हैं
बहुत कशमकश में हूँ
एक तरफ़ माँ का स्वास्थ्य और दूसरी तरफ
मेरा डॉक्टर बनने का सपना
माँ का उदास चेहरा देखती हूँ
तो आँसू खुद आँखों से बहने लगते हैं
आँखें बंद करती हूँ
तो डॉक्टर बनने का सपना ज़ोर मारने लगता है

कल जब पापा ने सर पर हाथ रखकर पूछा
तो क्या सोचा है आगे?
तुम चली गयी तो कैसे मैनेज होगा यहाँ सब कुछ
मैं अंदर तक हिल गयी
पापा को इतना असहाय मैंने कभी नहीं देखा
समस्या कितनी ही बड़ी क्यों न हो
पापा को हमेशा मुस्कुराते ही देखी हूँ
पर अब वह कम ही मुस्कुराते हैं
माँ की बीमारी ने पापा को अंदर तक तोड़ दिया है
वह बोलते नहीं कुछ, पर अब मैं
इतनी बड़ी तो हो ही गयी हूँ कि उनकी बेबसी पढ़ सकती हूँ
माँ घर की धुरी थी
जब तक वह ठीक थी हम सबको
किसी बात की चिंता नहीं थी
घर से लेकर खेत-खलिहान तक सँभाले हुए थी

मैं जान गयी हूँ अब मुझे ही माँ बनना होगा
अपने भीतर की चिंगारी को बचाये हुए
सपनों पर थोड़ा विराम लगाना होगा
मैंने पापा से बोल दिया मैं शहर नहीं जाऊँगी
भाई के लौटने तक यहीं गाँव के कॉलेज से
कोई बढ़िया कोर्स कर लूँगी
बोलते हुए मैं अपने आँसू छुपाने में कामयाब हो गयी थी
पापा की आँखें मुझे गले लगाते वक़्त भीग आयी थीं
माँ की आँखों में भी पश्चात्ताप के आँसू उतर आये थे
उन्हें वह दिन याद हो आया था जब पहली संतान के रूप में
उन्होंने मुझे नहीं एक बेटा चाहा था
पहली बार माँ ने गले लगाते हुए मुझसे कहा तू दुनिया की
सबसे अच्छी बेटी हैऔर मैं सबसे ख़ुशनसीब माँ।

* * *

11. चालीस साल की औरतें

ये चालीस साल की औरतें हैं
जो ब्याही गयी थीं उन्नीस-बीस बरस में
उनके ब्याह से पहले पिता ने नहीं पूछा था
उनकी मर्ज़ी, सहमति या असहमति
माँ ने दहेज में साड़ी ज़ेवर के साथ
दिया था बक्सा भरकर नसीहत
सोने से पहले सास के पैर दबाना
ससुर के सामने सिर न उघाड़ना
पति की ग़लती कभी न बताना
प्यार न करे तो तुम ख़ूब रिझाना
पराये मर्द की तरफ़ नज़र न उठाना
उन औरतों से सब बात मानी
सालों तक शीशे में ख़ुद को न पहचानी
पति को ख़ुश रखने की ख़ातिर
हर ज़िम्मेदारी हँसते हुए अपने कन्धे पर उठा लीं
जिनके साथ स्कूल में खेली थी उन सहेलियों को भूल
पति के रिश्तेदारों और दोस्तों को अपना लीं
उनके मनपसंद खाने के लिए
कुकरी बुक से लेकर यू ट्यूब चैनल तक खँगाल ली
पति का प्यार पाने के लिए सारी तरकीबें लगा ली
बदले में मिला उन्हें सिर्फ़ उलाहना
दिन भर सोना और बस खाना
शुरू-शुरू में बहुत रोती थीं यह सब सुन
अब थेथर हो गयी हैं ये चालीस साला औरतें
हर ताने को झटक दे रही हैं अपने भीगे बालों को सुखाते हुए
किटी के बहाने कर ले रही हैं सहेलियों के साथ बैठकी
हँसते हुए निकाल दे रही हैं दिल की भड़ास
सोशल नेटवर्किंग साइट्स पर कर रही हैं मस्ती

रास आ रही है नये-नये लोगों से दोस्ती
तारीफ़ सुन आ जाती है इनके होठों पर ज़रा-सी हँसी
ढुलक जाते हैं आँखों से अफ़सोस के कुछ मोती
कि काश कोई अपना बन पाता वजह इस हँसी की।

* * *

12. उसने औरत होना सीख लिया है

सिगरेट के सफ़ेद
धुओं के छल्ले-सी
सिर से झाँकती
उसके बालों की चाँदनी
बयाँ करती है
उसके द्वारा ली गयी
ज़िंदगी के हर कश की
जो उसने भर लिया
है तेज़ साँसों के साथ
अपने फ़ेफ़डे में
दर्द की कई परतें
जमा चुकी हैं जो अपने सीने में
ये दर्द उसके कई बरसों की
जमा पूँजी है अब
क्योंकि उसने दर्द को
अपना हमदर्द बना लिया है
फ़ेफ़ड़ों को सिकोड़कर
मुस्कुराना सीख लिया है
झूठ-मूठ के प्यार का
दिखावा सीख लिया है
इसलिए अब वह
छुप-छुपकर रोती नहीं है
अपने हक़ के लिए लड़ती भी नहीं
समझौता कर लिया है उसने
अपनी ज़िंदगी के हर कड़वे घूँट से
क्योंकि अब उसने विष के बदले
अमृत उगलना सीख लिया है
उसने औरत होना सीख लिया है।

* * *

13. वजूद

दबे पाँव धीरे-धीरे
क़रीब आती मौत
मुझसे पूछ रही है
मेरा नाम, पता
और मेरा वजूद
पर नहीं है कोई जवाब
मेरे पास इन सवालों का
हाँ मेरे हृदय के भीतर भी
कुछ सवालों ने जन्म लिया है
जवाब ढूँढ़ने की फ़िराक़ में
पूछने लगी हूँ मैं सालों बाद
खुद से खुद का ही नाम
कभी मेरे बाबा ने बड़े प्रेम से
दिया था मुझे सीता का नाम
पर माँ, भाभी, चाची, दादी नानी
के नीचे कहीं दबकर
गुमनाम हो चला था अब ये नाम

घर का पता भी कहाँ
दे पा रही हूँ अपना
जब से होश सँभाला है
बस घरों को ही सँवारा है
बचपन में पिता के घर को
अपना समझ सँवारती आयी थी
पर बाद में एहसास हुआ कि
पिता का घर तो बेटी के लिए
हमेशा से ही पराया है
असली घर तो पति का होता है

सबकी बात को सच मान बैठी
और शादी के बाद पति के घर को
अपना समझ ख़ूब सजायी
पर आज भी इस घर के दरवाज़े पर
अपना नाम न लिखा पायी
अब एक घर और भी है
वो घर है मेरे बेटे का
आजकल उसे भी सजाने में व्यस्त हूँ
पर अब यह जान चुकी हूँ कि
यह घर भी मेरा नहीं है
बस फ़र्ज़ की ख़ातिर इस
घर को भी सजाना है

वजूद के बारे में भी क्या बताती
जिसका कोई नाम पता ही न हो
उसका वजूद क्या होगा
इसलिए ऐ मौत तू सुन ले ध्यान से
तेरी मौजूदगी में मैं
अपना नामकरण कर रही हूँ
आज से मैं मुसाफ़िर हूँ
सिर्फ एक मुसाफ़िर
जिसे बिना मंज़िल के
बस चलते जाना है
जिस सड़क, गली या मोहल्ले
में मेरी साँसें रुक जायँ
मेरी धड़कन थम जाय और
मेरी ज़िंदगी का सूरज ढल जाय
बस वहीं से तू मुझे उठा लेना
गले अपने लगा लेना।
* * *

14. तुम ख़ास हो

यह बताया गया मुझे बचपन से
मेरे साथ पढ़ने वाले लड़के
पाँचवी पास करने के बाद भी
पहले की तरह ही खाते, पहनते, खेलते रहे
पर मुझे सीखने को कहा गया
सिलाई, बुनाई के साथ रसोई का काम
मुझे बहुत बुरा लगता
मैं रोती, लड़ती और सुबकती अकेले में
कभी कभी माँ समझाती मुझे
अब तुम बड़ी हो रही हो
लोगों की निगाहें घूरेंगी तुम्हें
इसलिए हम नहीं भेजते तुम्हें
बाहर खेलने के लिए

थोड़ी और बड़ी हुई
पड़ोस वाली आण्टी को मम्मी से बतियाते सुना
भाभी आप क्यों नहीं लेतीं एक और चांस
बेटियों का क्या ये तो अपने घर चली जायेंगी
कोई तो हो जो ले ख़ानदान का नाम
माँ कहतीं ईश्वर ने जो दिया है मैं ख़ुश हूँ उसमें
पर उनकी आँखें कुछ पल के लिए उदास हो जातीं
उस दिन मैं रात भर सोचती रही
तो क्या मैं किसी दूसरे के घर में रह रही हूँ
जो एक दिन मुझे अपने घर जाना है
क्या मैं इनके ख़ानदान की वंश बेल नहीं हूँ

फिर वह दिन भी आ गया
जिसके लिए लड़की को बचपन से तैयार किया जाता है
हिदायतों की एक लम्बी लिस्ट तैयार की जाने लगी
कोई कुछ बोले तो सुन लेना
सास -ननद को जवाब न देना
कोई बात ग़लत लगने पर जब भी विरोध करती
चुप करा दिया जाता यह कहकर कि
शुरूआत में सब लड़की वालों को
थोड़ा बहुत सहना पड़ता है
धीरे-धीरे सब ठीक हो जाएगा
मैं चीख़-चिल्लाकर रह जाती

अब सोचती हूँ
क्यों मुझे इतना कुछ सहना पड़ा
कहाँ मैं कमज़ोर थी और तुम मज़बूत
क्यों तुम्हें हमेशा मुझसे एक पायदान ऊपर रखा गया
हम दोनों ने ही औरत की कोख से जन्म लिया
हम दोनों ही हाड़-मांस से बने जीव हैं
दोनों में सोचने-समझने की क्षमता है
दोनों आर्थिक रूप से स्वतंत्र हैं
दोनों मिलकर घर-परिवार की जिम्मेदारियाँ उठा रहे
तुम लड़खड़ाते हो मैं सँभाल लेती हूँ
मैं थक जाती हूँ तुम थाम लेते हो
हम दोनों एक दूसरे से कम या ज़ियादा नहीं
एक-दूसरे के पूरक हैं
तुम बीज हो, मैं धरती हूँ
हम दोनों से ही सृष्टि है।

* * *

15. छोड़ दो परफ़ेक्शन

न दिखाओ ओवर अफ़ेक्शन
छोड़ दो ये परफ़ेक्शन
माना तुम हो पापा की परी
ख़ूब लाड़-प्यार में पली-बढ़ी
बातें तुम्हारी गुड़ की डली
पर सच कहना क्या कभी आसमाँ में उड़ी
नहीं न फ़िर क्यों इतनी सोच में पड़ी
परफ़ेक्ट बनने के लिए लाइन में खड़ी
जाने दो न
जीने दो न
तुम भी तो थोड़ा जी लो न
छोड़ के सारा परफ़ेक्शन

कर लो अपने मन का एक्शन
माँ ने तुम्हें नसीहतें सिखायीं
खुद भी वह यही सीखकर आयीं
खुलकर कभी न ली अँगड़ाई
बड़ों के सामने न ज़बान चलायी
पर सच कहनाकितनी बार तुमने घर में उनकी सुनी बड़ाई
एकदोतीनया
है न यह सवाल पेचीदा
जिसने तुम्हारे दिल को भी कुरेदा
क्योंकि माँ ने है सिर्फ़ डाँट खायी
सास ने कहा
समय पर बहू ने न दी दवाई
ससुर ने सुबह के पाँच बजे चाय के लिए आवाज़ लगायी
पापा ने भी कहाँ कुछ छोड़ा
अपनी नाकामयाबी का ठीकरा
माँ के ही तो सर फोड़ा

फिर भी फिर भी तुम हो सोच में पड़ी
परफ़ेक्ट बनने के लिए लाइन में खड़ी
जाने दो न जीने दो न
तुम भी तो थोड़ा जी लो न
ज़ोर से न हँसो, तेज़ न बोलो
दुनिया के सामने ज़ुबान न खोलो
जो हो रहा होने दो
नफ़रत के बीज बोने दो
लगती है आग तो लगने दो
बस अपना घर तुम बसने दो
समाज भी तो यही सिखाता है न तुम्हें।
पर सच कहनाऐसा कभी हुआ है क्या
पड़ोसी का घर जलेगातो तुम्हारा घर बचेगा क्या
नहीं न
इसलिए मेरी जान
तुम आगे बढ़ो
लोग क्या कहेंगे इसकी परवाह किये बिना
खुलकर अपनी बात कहो
जो सुनी न जाय बात तुम्हारी
तो ग़ुस्से का इज़हार करो
परफ़ेक्ट बेटी, परफ़ेक्ट बहू
परफ़ेक्ट बीवी, परफ़ेक्ट माँ बनने का लालच छोड़
पहले तुम इंसान बनो।
* * *

16. मैं उम्मीद हूँ

नहीं मैं कमज़ोर हूँ
रिश्तों की मैं डोर हूँ
कुछ बातें सह लेती हूँ
दो कड़वे घूँट पी लेती हूँ
दीवारों की दरक में
छुपी मैं उम्मीद हूँ

आग का हूँ दरिया मैं
दरिया का मैं साहिल हूँ
तूफ़ान हूँ मैं समंदर का
शांत लहरों का मैं शोर हूँ
रात की शीतल चाँदनी मैं
सुबह का मैं भोर हूँ

ऊँचे-ऊँचे पहाड़ों का
ऊबड़-खाबड़ रस्ता हूँ
लम्बे खड़े चीड़ का
दरख़्त मैं मज़बूत हूँ
तपती प्यासी धरती पर
बारिश की ठण्डी मैं बूँद हूँ

दिल मेरा मोम-सा
इरादों से मैं चट्टान हूँ
बेगानों की महफ़िल में
खुद अपनी पहचान हूँ
अब न किसी से चाह कोई
अपनी हर ज़रूरत का मैं सामान हूँ

न किसी से डरती हूँ
न हार मानकर मैं रुकती हूँ
थक जाती हूँ जब कभी, कुछ पल ठहरकर
फिर आगे मैं बढ़ती हूँ
रख सके जो मेरे अस्तित्व को ज़िंदा
उस ऊर्जा का मैं स्रोत हूँ।

* * *

17. ज़िंदगी की बाज़ी

गुमसुम सी चुपचुप सी
कुछ सकुचायी कुछ घबरायी सी
जाने क्यों डरती है वो
दीवारों की ऊँचाई से
दौड़ती-फिरती इधर-उधर
कहना चाहती है शायद कुछ मगर
कहते-कहते रुक जाती है
आवाज़ गले में धँस जाती है
आँखों से कुछ मोती बहकर
गालों पर यूँ आ जाते हैं
जैसे नदी में पाप किसी के
पल भर में धुल जाते हैं
कोशिश करती वो फिर उठने की
धीरे ही सही पर चलने की
ठोकर खाकर सँभल जाने की
बिखरे विश्वास को वापस पाने की
ज़िंदगी की हर बाज़ी जीत जाने की।

* * *

18. मैंने माँ को छुपकर

रोते हुए देखा है
ज़िंदगी के झंझावतों को
झेलते हुए देखा है
मैंने माँ को छुपकर
रोते हुए देखा है

हमारी हर बात पर
अनायास ही मुस्कुरा देती है
पर आँखों की कोरों को
आँचल से पोंछते हुए देखा है

हमें भर पेट खिलाने की ख़ातिर
चूल्हे की आख़िरी रोटी भी थाली में डाल देती है
पर मैंने उसे सिर्फ़ पानी पीकर
भूखे पेट सोते हुए देखा है

हर बुरे वक़्त में हम सबको
टूटने से बचा लेती है
पर मैंने उसके दिल को
तार-तार होते हुए देखा है

परिवार की उम्मीदें पूरी करते- करते
अपने हिस्से की उम्र जी लेती है
पर मैंने उसके सपनों को
हर रोज़ मरते हुए देखा है

खुद उलझी-उलझी सी वो
पर सुलझाती हर गाँठ को

नये सिरे से सिल देती है
बन्धन की हर आस को
ख़ुद तो अबूझ पहेली है वो
पर सबको बूझ लेती है
प्यार की नर्म मालिश से
रिश्तों में मिठास घोल देती है
कुछ जज़्बात बयाँ करती
और कुछ छुपा रख लेती है
तकिये के पीछे धीरे से
मन में ये अरमान लिये
शायद कोई आये एक दिन
ढूँढ़ने इस राज़ को।

* * *

19. मैं आज़ाद होना चाहता हूँ

मैं पुरुष हूँ
फिर भी आज़ाद नहीं हूँ
क्योंकि पुरुष होने के साथ-साथ मैं अब
एक पति और एक पिता भी हूँ
पर मैं आज़ाद होना चाहता हूँ

मैं आज़ाद होना चाहता हूँ
उन चिंताओं से, जो घेर लेती हैं मुझे
देर शाम घर लौट रही बीवी के साथ
किसी अनहोनी की आशंका से

मैं आज़ाद होना चाहता हूँ
अपनी संकीर्ण मानसिकता से
जो अक्सर मेरे मन में जन्म ले लेती है
बीवी को किसी के साथ हँसते-मुस्कुराते देख

मैं आज़ाद होना चाहता हूँ
छोटी-सी बिटिया के मासूम सवालों से
जो वह अक्सर मुझसे पूछ बैठती है
अपने भाई से अपनी तुलना करते हुए

मैं आज़ाद होना चाहता हूँ
बड़ी हो रही बेटी की हिफ़ाज़त की फ़िक्र से
जो मुझे हर दिन, हर क़दम पर
उसे रोकने-टोकने को मजबूर करती है

मैं आज़ाद होना चाहता हूँ
उन घूरती निगाहों से जो मेरी बेटी की टाँगों पर पड़ती हैं

और मैं न चाहते हुए भी उसे अपनी ड्रेस की लम्बाई बढ़ाने की हिदायत देता हूँ

मैं आज़ाद होना चाहता हूँ
उस अपराध बोध से जो मेरे दिल में उतर जाता है
जब मैं अपनी बीवी और बेटी को
उनके सपनों के पंख को कुतरते देखता हूँ।

* * *

20. वर्जित फल

तुम्हारे बनाये हुए सभ्यता के ढाँचे में ढलने से पहले
मैं थोड़ा असभ्य होना चाहती हूँ
तुम्हारी उम्मीदों की तराज़ू पर तोले जाने से पहले
आसमाँ को मुट्ठी में भरकर चाँद के गले लगना चाहती हूँ
तुम्हारे कंधे का सहारा लेने से पहले
ख़ुद के पैरों पर भरोसा करके
दो-चार क़दम अकेले चलना चाहती हूँ
तुम्हारे चश्मे के रंगों से दुनिया देखने से पहले
अपनी आँखों से हसीन सपने देखना चाहती हूँ
तुम्हारे घर की देहरी लाँघने से पहले
तुम्हारे द्वारा बनायी गयी लक्ष्मण रेखा पार करना चाहती हूँ
तुम्हारे लिए समर्पित होने से पहले
तुम्हारे समर्पण की हद देखना चाहती हूँ
तुम मुझे झूठा समझकर कचरे की पेटी में फेंको
उससे पहले मैं वह वर्जित फल चखना चाहती हूँ
जिस पर तुम सदियों से अपना अधिकार जमाये बैठे हो
तुम्हें अपने जीवन की डोर सौंपने से पहले
मैं अपनी ज़िंदगी के हर घूँट का लुत्फ़ लेना चाहती हूँ।

* * *

21. नयी पहचान

उसे पता नहीं था बचपन में
लड़की होने का मतलब
वो नहीं समझ पाती थी माँ के इशारे
जब किसी बाहरी पुरुष के आते ही
दिखाती थी उसे भीतर जाने का रास्ता

उसे पता नहीं था किशोरावस्था में
स्त्री देह के मायने
वो नहीं समझ पाती थी माँ की चिंता
जब माँ उसे लगाती थी फटकार
बिना चुन्नी ओढ़े बाहर जाने पर

अब उसे बहुत अच्छी तरह पता है
लड़की और स्त्री देह का मतलब
पर लोग उसे अब देते हैं हिदायत
शरीर से ऊपर उठकर सोचने को
वह असमंजस में है अपनी नयी पहचान को लेकर।

* * *

22. नियति

कई देशों की यात्राएँ लिखी जानी थीं उसके जीवन में, पर
उसे समेट दिया गया मायके से ससुराल के बीच की
दूरी नापने में और बहला दिया गया
यह कहकर कि यही तुम्हारी सम्पूर्ण दुनिया है

किताबों की अलमारी से धूल झाड़ते वक़्त
सबकी नज़रों से छुपकर वह उठा लेती है कोई किताब
जिसमें छुपी हैं देश- दुनिया समाज
और राजनीति की हजारों बातें
पर उसे खोलने से पहले उसके हाथों में पकड़ा दी जाती हैं
ऐसी पत्रिकाएँ जिसमें छुपा होता है
पति का दिल जीतने का राज

सामाजिक असमानताओं, कुरीतियों, बुराइयों के बारे में
वह देखती, पढ़ती, सोचती और तर्क करती तो
डाँटकर उसे चुप करा दिया जाता धर्म, डर
और परम्परा के नाम पर
और उदाहरण दिया जाता उन औरतों का
जो सक्षम होते हुए भी गूँगी बन पीढ़ी दर पीढ़ी
ढोती आ रहीं समाज की अपेक्षाओं का बोझ अपने कंधों पर

बचपन से नीले रंग से उसे कुछ ज़ियादा ही मोहब्बत थी
नीले आकाश को देखती तो घण्टों निहारती रहती
किताब में बने चित्रों में नीले समुद्र को देख मन ही
मन उसमें ग़ोते लगा आती और सोचती
एक दिन ज़रूर वह नापेगी इन नीले समुंदरों की गहराई
पर शरीर पर पड़े नीले रंग के निशानों को
छुपाने की कला सीखते-सीखते भूल बैठी है सभी सुंदर रंग

कभी रात के नीम अँधेरे में उठकर वह
भाग जाना चाहती है उस घर नाम के पिंजरे को तोड़कर
बिछाना चाहती है किसी पहाड़ी पर
खुले आसमाँ के नीचे अपना बिस्तर
जहाँ बहती हो प्रेम की नदी, मधुर गीत गाते हुए
पर, परिवार की सलामती के लिए व्रत, त्योहार
भजन संध्या, आरती और कीर्तन गाना ही
अब उसकी नियति है।

* * *

23. इंसान, मर्द या फिर जानवर

कौन हो तुम
इंसान, मर्द या फिर जानवर
सोचो एक बार
चीख़ती, तड़पती, चीत्कार करती
दया की गुहार करती
मासूम बच्चियों, लड़कियों
और औरतों के दर्द से
ख़ून से लथपथ शरीर से
आँखों से झाँकती बेबसी से
चूर-चूर हो चुके विश्वास से
क्या तुम्हारा हृदय ज़रा भी विचलित नहीं होता?
उनके मुरझाये, थके, बेबस चेहरों में
तुम्हें किसी अपने का चेहरा नहीं दिखता
उनका गुमान छीनकर
सम्मान छीनकर, अभिमान छीनकर
जीने का अधिकार छीनकर भी
तुम्हारा दिल सीने में अपनी जगह पर ही धड़कता है
अगर हाँ तो फिर उतार फेंको
तुम इंसान का मुखौटा
वस्त्र रूपी खाल उधेड़कर फेंक दो अँधेरे में
निर्वस्त्र हो पहचान कर लो ख़ुद की
और ओढ़ लो जंगली जानवर का चोला
जो ज़िन्दा-मुर्दा जीवों को नोच-नोचकर खा जाते हैं
जिससे कोई भी स्त्री तुम्हें इंसान समझकर
तुम्हारे क़रीब से न गुज़रे
और गर कभी गुज़रना ही पड़े
तो हाथों में तुम्हारी मौत का औज़ार लेकर निकले
जिससे तुम्हारा शिकार होने से पहले
तुम्हें मौत के घाट उतार सके।

* * *

24. तुम्हारे वादे अब महकते नहीं

तुम्हारी बातें
तुम्हारे वादे
अब नहीं छुपाती मैं
तकिये के नीचे
पीठ के पीछे
किताबों के पन्नों के बीच;
क्योंकि अब ये महकते नहीं
मुझे महकाते भी नहीं
बड़ी नीरस सी हैं
अब तुम्हारी सारी बातें।
झूठे साबित हो गये हैं
तुम्हारे सारे वादे
इसलिए अब तुम्हारे
कहे हुए कुछ शब्द को
बहा देती हूँ बर्तनों के सिंक में
कुछ को बाथरूम में
लगे वाश बेसिन में उड़ेल आती हूँ
जिन्हें फेंक नहीं पाती
उठाकर स्टोर रूम में
डाल आती हूँ किसी कोने में
चुपचाप पड़े रहने के लिए
जिससे तुम्हारा वहम ज़िंदा रहे
कि तुमने जीत लिया है मुझे
हमेशा-हमेशा के लिए।

* * *

25. माँ हूँ मैं

तुम-सी नहीं हूँ मैं
पिता नहीं माँ हूँ मैं
एक कली बन आयी थी मैं
ब्याह के तुम्हारे आँगन में
पर खिलना अभी बाक़ी था
बीज तुमने रोप दिया था
पर ख़ून से सींचना मेरा बाक़ी था
तुम पिता बन गर्व से इतरा रहे थे
पर माँ के दूध का फ़र्ज़ अभी बाक़ी था
पिता बनने के बाद भी
तुम्हारे क़दम घर मे नहीं रुके
तुम उसी गति से चलते रहे
साल दर साल सफलता की सीढ़ियाँ चढ़ते रहे
पर मेरे हिस्से में बच्चों की सफलता की
कहानी लिखना बाक़ी था
तुम हर दिन बढ़ते ही गये
और बढ़ते-बढ़ते एक दिन पेड़ बन गये
मैं तुलसी का पौधा बन आँगन में रह गयी
भला कैसे कर सकती हूँ तुम्हारी बराबरी मैं
तुम पिता हो
माँ हूँ मैं।
* * *

26. जीने चली हूँ मैं

कुछ बिखरे-से रंग पड़े हैं
सँजोने चली हूँ मैं
कुछ रेखाएँ टेढ़ी-मेढ़ी हैं
जोड़ने चली हूँ मैं
रिश्तों के कुछ धागे खुले हुए हैं
तुरपन करने चली हूँ मैं
कुछ ख़्वाब जन्म ले रहे हैं
पूरे करने चली हूँ मैं
पर मेरे फैलने लगे हैं
उड़ने चली हूँ मैं
हाँ जीने चली हूँ मैं
अब जीने चली हूँ मैं।

* * *

27. अभिमान

वो ढूँढ़ती रही तुममें
एक दोस्त, साथी, हमसफ़र
भूलकर अपना मान, स्वाभिमान
जिससे रह सके ज़िंदा तुम्हारा अभिमान
उसके चेहरे की हँसी जाती रही
सिसकियाँ तकिये को सहलाती रहीं
दर्द पलकों पर ठहरने लगा
रात की पहरेदारी करने लगा
होठों की आवाज़ ख़ामोश होती गयी
तुम्हारी नज़र में वह परिपक्व होती गयी
क्योंकि तुमने नहीं देखा था
किसी स्त्री का खुलकर हँसना
क्योंकि तुमने नहीं सीखा था
किसी स्त्री के मन को पढ़ना
क्योंकि तुम्हारे पुरुषत्व का अपमान था
किसी स्त्री का सवाल करना
क्योंकि तुम्हारी सोच की सीमा से परे था
किसी स्त्री का दोस्त बनना
इसलिए तुमने पति के रूप में
ख़ुद को स्थापित करने के लिए
गढ़ डाले पत्नियों के लिए कई पैमाने
और झोंक दिया पनपते रिश्ते को
नफ़रत की अग्नि में जलने के लिए
पर मत भूलना उस आग की लपटें
किसी दिन तुम तक भी पहुँचेंगी
और जला देंगी तुम्हारी झूठी शान
उतर जायेगी चेहरे की वह परत
जिसके पीछे छुपा रखी थी तुमने
अपनी असली पहचान।

* * *

28. प्रतिक्रिया

माँ ने मुझे पहली बार तब मारा था
जब मैं पिता पर चिल्लायी थी
दूसरी बार तब
जब भाई से की हाथापाई थी
तीसरी बार तब
जब मैं पति के ग़ुस्से पर चीख़कर खड़ी हो गयी थी
वह तीसरी और आख़िरी बार था।
मैं अभी भी अक्सर चिल्ला पड़ती हूँ
पर माँ अब मारती नहीं
वह समझ गयी है
चीख़ना, चिल्लाना ज़िंदा रहने के लिए
एक आवश्यक क्रिया है।

* * *

क्रिया के बाद ही प्रतिक्रिया होती है। Reaction after action प्रकृति का नियम है।

29. खूँटे से बँधा प्रेम

तुमने उस स्त्री से प्रेम किया
और बदले में उसके स्वामी बन बैठे
उस स्त्री ने तुम्हारा प्रेम स्वीकार किया
और खुद को प्रेम में पालतू बना बैठी
तुम प्रेम करने से पहले भी आज़ाद थे
अब भी आज़ाद हो और आगे भी रहोगे
पर उसके प्रेम ने उसे बाँध दिया
घर के भीतर बने खूँटे से
और इस तरह उसका प्रेम
हमेशा के लिए उसी खूँटे का होकर रह गया।

* * *

30. स्त्रियाँ रात में चैन की नींद नहीं सोती हैं

स्त्रियाँ रात में चैन की नींद नहीं सोती हैं
करती हैं अपनी इच्छाओं की पहरेदारी
जब हर रात उनका मन निकल जाता है
किसी न किसी नये देश की यात्रा पर
जिसे लौटना होता है सूरज के लौटने से पहले
क्योंकि वे जानती हैं खुली आँखों से दिन के उजाले में
वह कभी उस देश की यात्रा पर अकेले न जा सकेंगी।
* * *

31. दूब

कितना अच्छा होता न
गर तुम दर्द भी बोते
तो वह मरहम बनकर उगता
पर ये न हो सका
हर क़दम तुम दर्द छींटते गये
मैं बटोरती गयी
दर्द सहते-सहते मैं पाषाण बन गयी
और तुम उस पर उगने वाली दूब।
* * *

32. अच्छे 'दाग़'

लाल रंग का यह द्रव्य
पहचान है मेरे स्त्रीत्व का
उपहार है प्रकृति का
जो दिया है उसने मुझे
माँ बनने की शक्ति प्रदान कर
पर तुम क्या जानो
इस लाल रंग की महिमा
तुम तो घमण्ड में चूर हो
अपने पुरुष होने के ग़ुरुर से
इसीलिए मेरे कुर्ते या जींस के पीछे
लगे छोटे से लाल निशान को देखकर
उपहास बनाने लग जाते हो दोस्तों के बीच
और नाम दे देते हो इसे दाग़ का
पर मैं बड़ी बेशरम और मनमौजी हूँ
बिलकुल इस दाग़ की तरह
जो लगने से पहले किसी की इजाज़त नहीं लेता है
आ धमकता है नियत समय पर अपनी हाज़िरी लगाने.
वैसे ही मैं भी तुम्हारी इस नीच सोच और मूर्खता पर
तुमसे उलझने की बजाय
मुस्कुराते हुए आगे बढ़ जाती हूँ
क्योंकि मैं जानती हूँ
यह 'दाग़' बहुत अच्छे हैं।

* * *

33. सपनों की उड़ान

वो रच रही हैं नित नया
सपनों को दे रही हैं आकाश भर उड़ान
मुट्ठी में कैद कर चुकी हैं सारा अपमान और तिरस्कार
जो समाज ने दिया है उसे
अपनी मनचाही ज़िंदगी चुनने के बदले में
दर्ज़ करने की कोशिश कर रही हैं
इतिहास में अपना नाम
जानते हुए भी कि बहुत दुरूह कार्य है यह
जिनका नाम घर के प्रवेशद्वार पर लगे
नेम प्लेट पर भी नहीं है
निश्चित तौर पर उनके लिए आसान नहीं है
दुनिया के भूगोल पर कहीं अपना नाम लिखवा जाना
मंगलसूत्र बन जाये गले का फंदा
और ताउम्र बाँधकर रखे उसे आँगन के खूँटे से
उससे पहले उन्होंने उतारकर
इस कथित प्यार की निशानी को
सहेज दिया लॉकर में किसी बुरे वक्त में साथ देने के लिए
मंजूर नहीं उन्हें पति को स्वामी के रूप में स्वीकार करना
जिनका प्यार पाने के लिए
दाँव पर लगा दे अपना आत्मसम्मान
खोलकर दरवाजे की साँकल
निकल पड़ी हैं अपने कंधों को मज़बूत करने
जिस पर टिका सकें वह अपना वजूद
बिना किसी की ग़ुलामी किये..
सँघर्ष से कर ली है उन्होंने दोस्ती
अपना लिया है जीवन में किसी हमसफ़र की तरह
जानती हैं यही है वह दोस्त
जो हाथ पकड़कर पहुँचाएगा उन्हें उनकी मंजिल तक।

* * *

खण्ड - तीन

कन्धे पर सलीब

1. तलाश

क्या रहा तलाश तू
जो है यूँ उदास तू
क्या तेरा खो गया
जो गुमसुम-सा हो गया
कभी इधर कभी उधर
भागता क्यों दर-बदर
रुक ज़रा, ठहर ज़रा
सीने पर हाथ रख ज़रा
दिल की भी सुन ज़रा
तूने खुशी को ढूँढ़ा था
उसने तेरा भी पता पूछा था
दरवाज़े तक आयी थी
तुझे देख मुस्करायी थी
पर
पर तू तो बेख़बर था
ख़्वाब तेरा बड़ा था
पैसा कमाने की चाह में
तू दिन-रात लगा था
ख़ूब कमाया, ख़ूब उड़ाया
पर इक पल न चैन पाया
पूछ तो ज़रा दिल से
मुहब्बत है इसे किससे
क्यों ये भटक रहा
लक्ष्य से क्यों हट रहा
जब पैसा ही कमाना था
गाँव-घर भुलाना था
माँ के पैरों के छाले को
दूर से सहलाना था

तो अब ये रोना क्यों
याद आयी सोना (प्रेमिका) क्यों
क्या अब मन भर गया
पैसे से मोह हट गया
बेगानों की महफ़िल में
तू कितनी बार छला गया
सच-सच बताना तू
न कुछ भी छुपाना तू
क्या हुआ तेरे साथ
जो भर आयी तेरी आँख
बस कर मेरी जान
बस कर मेरी जान
अब और न सज़ा दे तू
हूँ मैं हीर तेरा
दिल में बसा ले तू
भूलकर वो सारी बात
गले से लगा ले तू
तू है मुझे मिली
मैं हूँ तुझे मिला
ज़िंदगी से अब नहीं
है मुझे कोई गिला
ख़ुशी मुस्कुरायी फिर
चलकर क़रीब आयी फिर
बाँहों में भरकर उसे
धीरे से फुसफुसायी फिर
न जाना अब छोड़कर
वादा यूँ तोड़कर
इस बार मुआफ़ किया
दिल तेरे नाम किया
यह हमारी जीत है
प्यार की यही रीत है।

* * *

2. यह दौर भी निकल जायेगा

सबने कहा बुरा दौर है
मैंने कहा यक़ीन मानो यह दौर भी निकल जायेगा
बिन बुलाया मेहमान है
बहुत कुछ न सही पर कुछ न कुछ देकर जायेगा
माना आज गलियाँ सूनी हैं
पर ज़िन्दगी गुलज़ार है
ज़माने बाद मिला है जाकर
सिर पर बुज़ुर्गों का आशीर्वाद है
सच है कि कुछ घड़ी वक़्त ज़रा थम जायेगा
यक़ीन मानो यह दौर भी निकल जायेगा
जीवन की आपाधापी में
क्या कुछ पीछे छूट रहा था
मैंने तब महसूस किया जब दो साल की बेटी ने
आकर चुपके से उँगली थाम लिया था
सच है यह कठिन समय
रिश्तों की नयी परिभाषा सिखा जायेगा
यक़ीन मानो यह दौर भी निकल जायेगा
दुनिया भर में मचा हाहाकार है
कोरोना के डर से हर कोई घर में बैठा लाचार है
फिर भी उम्मीदों से भरा मन नित नये कर रहा प्रयोग है
कोई सीख रहा गिटार कोई बना रहा छप्पनभोग है
सच है यह वक़्त अँधेरे में भी
रौशनी ढूँढ़ने का गुर सिखा जायेगा
यक़ीन मानो यह दौर भी निकल जायेगा
एक दिन फिर सब कुछ पहले जैसा हो जायेगा
घर की दीवारें उदास और बाज़ार जगमगा जायेगा
शांत सड़कों की छाती पर गाड़ियों का बोझ
थोड़ा और बढ़ जायेगा

स्कूल का ब्लैकबोर्ड फिर से रँग जाएगा
सच है कोरोना काल के नाम से यह समय
इतिहास के पन्नों में दर्ज हो जायेगा
यक़ीन मानो यह दौर भी निकल जायेगा।
* * *

3. ज़िंदगी का क़र्ज़

ज़िंदगी के सफ़र में
मुश्किलों के भँवर में
कभी डूबना तो कभी पार उतरना है
पर जाने से पहले ज़िंदगी का हर क़र्ज़ उतारना है

कभी बिजली कड़केगी
कभी तूफ़ान आयेगा
कभी हवाओं का रुख़ भी बदल जायेगा
सबको हराकर साहिल तक पहुँचना है
पर जाने से पहले ज़िंदगी का हर क़र्ज़ उतारना है

चलते-चलते शायद थक जाऊँ कभी
सहते-सहते शायद टूट जाऊँ कभी
शायद मन से भी विचलित हो जाऊँ कभी
मंज़िल से पहले हार नहीं मानना है
पर जाने से पहले ज़िंदगी का हर क़र्ज़ उतारना है

चाहे रिश्तों की डोर ढीली पड़ जाय
चाहे अपनों का साथ पीछे छूट जाय
चाहे बिलकुल अकेले सफ़र में रह जायँ
ज़िंदगी का साथ आख़िरी साँस तक निभाना है
पर जाने से पहले ज़िंदगी का हर क़र्ज़ उतारना है।

* * *

4. ऐ ज़िंदगी

ऐ ज़िंदगी ठहर जा ज़रा
कुछ पल बैठ पेड़ों की छाँव
में सुस्ता ले ज़रा
क्यों भागती फिर रही बदहवास सी
इधर से उधर
इतनी तेज़ क़दमों से
कुचलती हुई फूलों की क्यारियों को पैरों तले
क्यों दूर होती जा रही अपनों से हर पल
आ चल मेरे साथ
क़दम से क़दम मिला धीरे- धीरे
हाथो में हाथ डाले
मुस्कराते हुए
भूल के मंज़िल को सफ़र का आनंद ले
चीख़ ले, चिल्ला ले
अपनी मनमर्ज़ियाँ कर ले
भूलकर हर ग़म
एक बार तो खिलखिलाकर हँस ले।

* * *

5. वो ज़माना

थ्री डी गेम और मोबाइल फ़ोन से
बचपन था अंजाना
कबड्डी और गिल्ली-डण्डा
खेलने में बीत जाता दिन सुहाना

भारी-भरकम बस्ते का
बोझ था बेगाना
दादी की कहानियों में छुपा था
जीवन का फ़साना

ब्रेड और बटर का स्वाद
नहीं था हमें भाता
चूल्हे पर पकी रोटी और घर में बने मक्खन का
स्वाद था निराला

कोल्डड्रिंक और आइसक्रीम तक
मुश्किल था पहुँच पाना
शरबत और बर्फ़ की चुस्की से
आसान था प्यास बुझाना

बाथटब और स्विमिंग पूल में
नहीं आता था नहाना
मन चाहता था दोस्तों के साथ
बस तालाब में ग़ोते लगाना

झूठ और दिखावे से दूर था
वो ज़माना
दिलों में बजता था सिर्फ़
प्यार का तराना।

6. वक़्त

ज़माने से आगे निकलने की चाह में
कुछ वक़्त पीछे छूट गया है
अब तो कुछ यूँ लगने लगा है
जैसे कोई अपना हमसे रूठ गया है
सोचती हूँ मना लूँ जाकर, ले आऊँ वापस
तैयार करने लग जाती हूँ ख़ुद को
क्या बोलूँगी, कैसे मनाऊँगी
वो मानेगा या नहीं, मुझे पहचानेगा भी या नहीं
इसी उधेड़बुन में लगी रहती हूँ
तभी मन के दरवाज़े पर होती है खटखट
थोड़ी बिखरी, ख़यालों में उलझी
दौड़ पड़ती हूँ चौखट पर
खोल देती हूँ किवाड़
लौट आया है वक़्त फिर से
खड़ा है बाँहें पसारे आँखों के सामने
बिलकुल पहले की तरह मुस्कुराते हुए
न कोई गिला न कोई शिकवा
सिर्फ़ फिर से जी भर जी लेने की चाह में।

* * *

7. मेरा बचपन

एक बचपन था एक पालना था
आँखों में पलता ढेर सारा सपना था
गुड़िया और गुड्डा थे गिल्ली और डण्डा था
उड़ती पतंगें थीं खुला आसमाँ था
सावन का महीना था पेड़ों पर झूला था
घर में पकते पकवानों से हर रिश्ता मीठा था
क़ाग़ज की कश्ती थी बारिश का पानी था
कोयल की कूक थी मुँडेर पर बैठा कबूतरों का जोड़ा था
छोटे-छोटे पोखरे थे बड़ा तालाब था
ग़ोता लगाने को हर मन तैयार था
त्योहारों का मेला था सब कुछ अलबेला था
चटपटी चाट थी चौपड़ का खेला था
दादी की कहानियाँ थीं बाबा का दुलार था
पापा की शाबाशी और माँ का प्यार था
हाँ कुछ ऐसा मेरा बचपन था ऐसा ही बचपन था।

* * *

8. तन्हाई

तन्हाई तू कितनी अजीब है
कभी उबाऊ तो कभी बेहद क़रीब है
ख़ुद में समेट कभी मन ही मन
मीलों की सैर करा लाती है तो
कभी किसी को घर पर बुला लेती है
कभी हमारा परिचय हमसे ऐसे कराती है
जैसे हम पहली बार मिले हों तो
कभी अपनों से ही अजनबी बना देती है
कभी बहुत कुछ सोचने पर मजबूर करती.
तो कभी सब कुछ भूल मुआफ़ करने की गुज़ारिश करती
कभी कभी सोचती हूँसच में तू कितनी अजीब है।

* * *

९. कुछ कहानियाँ

कुछ कहानियाँ
कहानियाँ नहीं बनना चाहतीं
छटपटाती हैं सच होने के लिए
ढूँढ़ती हैं एक साथी
हाल-ए-दिल सुनाने के लिए
बनकर ख़ुद किसी की आँखों का नूर
बसाना चाहती हैं किसी को
अपनी आँखों में काजल की तरह
सजाना चाहती हैं मन के नर्म बिस्तर पर
किसी की बाँहों का एक तकिया
पर सभी कहानियों की क़िस्मत में
हक़ीक़त की चादर ओढ़ना नहीं लिखा होता है
कभी-कभी टकरा जाती हैं रस्ते में किसी चट्टान से
तब ख़ुद को टूटने से बचाने के लिए
ये कहानियाँ दोस्त बना लेती हैं
काग़ज़ और क़लम को
उड़ेल देती हैं ख़ामोशियों की स्याही
कोरे पन्नों पर
दूर कर देती हैं काग़ज़ का सूनापन
अपने सतरंगी सपनों के रंग से और
फिर बड़ी सहजता से मुस्कुरा उठती हैं
अपनी इच्छाओं को काग़ज़ों पर ज़िन्दा देख।

* * *

10. ज़िंदगी

सपनों की पटरी पर कभी
ट्रेन-सी दौड़ती ये ज़िंदगी
पगडण्डियों पर चलते-चलते
कभी ठहर जाती-सी ये ज़िंदगी
हमारी दोस्त बन हमें सुनती कभी
अपनी मनमानी करती ये ज़िंदगी
ख़्वाहिशों को पंख लगाती कभी
औंधे मुँह गिराती ये ज़िंदगी
बच्चों की तरह खिलखिलाती कभी
बूढ़ी दादी की आँखों-सी उदास ये ज़िंदगी
खट्टे-मीठे अनुभवों से लबरेज़
बनती भरपूर-सी ये ज़िंदगी।

* * *

11. कभी- कभी जी लेती हूँ मैं

चलते-फिरते उठते-बैठते इक ख़्वाब बुन
लेती हूँ मैं
सुबह सबेरे छुपकर सबसे ओस की बूँदों से
कुछ मोती चुन लेती हूँ मै
पत्तियों की आड़ में फूलों को मुस्कुराते देख
चुपके से हँस लेती हूँ मैं
इस कशमकश भरी ज़िंदगी में भी
कभी-कभी जी लेती हूँ मैं।

* * *

12. धरती माँ

मैं भी एक माँ हूँ
बिलकुल तुम्हारी माँ की तरह
फ़र्क़ सिर्फ़ इतना भर है कि
तुम्हारी माँ एक दो बच्चों को पालती है
और मेरे ऊपर लाखों बच्चों को पालने की ज़िम्मेदारी है
वो भी बस कुछ महीनों और सालों तक नहीं, बल्कि ताउम्र
क्योंकि तुम्हारे पैदा होने के दिन से लेकर
वापस मिट्टी में समाहित होने तक
मैं अपने सीने पर ढोती हूँ तुम्हें

मैं जानती हूँ माँ होने का मतलब
और मुझे यह भी पता है कि तुम भी जानते हो
क्योंकि तुम्हारे पास भी एक माँ है
जो दिन-रात तुम्हारा ख़याल रखती है
तुमसे निःस्वार्थ प्रेम करती है
और बदले में तुमसे कभी कुछ नहीं माँगती है
मैं भी वैसी ही हूँ
मैं भी तुम्हें प्यार करने के बदले में
तुमसे कभी कुछ न माँगूँगी

पर तुम तो जानते हो न मेरे बच्चे
तुम्हारी माँ की तरह मेरी भी
कुछ सीमाएँ और थोड़ी सी ज़रूरतें हैं
कभी-कभी जैसे तुम्हारी माँ को
तुम्हारे स्नेह की ज़रूरत होती है
वैसे ही मुझे भी तुमसे थोड़ी-सी
देखभाल की ज़रूरत पड़ती है
जो तुम स्वार्थवश देख नहीं पा रहे

विकास के नाम पर तुम सिर्फ़ पेड़-पौधों को नहीं काट रहे
बल्कि मुझे भी दिन पर दिन मौत के मुँह में धकेलते जा रहे
शायद वह दिन अब ज़्यादा दूर नहीं
जब मैं तुम सबको हमेशा के लिए छोड़ जाऊँगी

मुझे पता है उस दिन तुम बहुत पछताओगे
अपनी मनमानी और की गयी ग़लतियों के लिए
ख़ुद को कोसोगे
पर मैं वापस तुम्हें गले से नहीं लगा पाऊँगी
माँ होने के नाते तुम्हें माफ़ भी कर दूँगी
पर फिर से मुस्कुरा नहीं पाऊँगी
इसलिए समय रहते तुम्हें स्वयं चेतना होगा
इस बंजर हो रही धरती माँ से प्रेम करना सीखना होगा
मुझे ज़िन्दा रखने के लिए तुम सबको
ढेर सारे पौधे रोपना होगा
पेड़ो, जंगलों और प्राकृतिक संसाधनों का
दुरुपयोग रोकना होगा
शायद तभी यह सृष्टि बच पायेगी;
मैं बच पाऊँगी, तुम बच पाओगे।
* * *

13. माँ

ममता की ख़ूबसूरत छवि है माँ
रिश्तों की मज़बूत कड़ी है माँ
ठण्ड में स्पर्श की गरमाहट है माँ
धूप में बारिश की नमी है माँ
भर देती है दामन ख़ुशियों से माँ
ईश्वर की अद्वितीय कृति है माँ।
* * *

14. बेटियाँ

शोख़, चंचल, बातूनी और प्यारी
घर के आँगन में घूमती इतराती
मासूम से सवालों में उलझाती
मीठी-मीठी बातों की डली लगाती
कहीं से आते ही दौड़कर गले लग जाती
रोज़ नयी कहानियाँ सुनने को अड़ जाती
अपनों की उदासी से परेशान हो जाती
ज़िंदगी में ख़ुशियाँ बिखेरतीं बेटियाँ
यूँ ही हमारे जीने की वजह बन जाती हैं।
* * *

15. आशा की गठरी

आँखों में आशा की गठरी बाँध
ड्योढ़ी पर बैठी अम्मा को है
बेटे के लौट आने का इंतज़ार
एक ही महीने तो बोल के गया था
गिनते-गिनते कितने महीने गुजर गये
पर न कोई ख़त, न कोई तार
होती गर कोई आहट, दौड़ती खोलने को पट
पर बेटे को न पाकर गिर जाती लड़खड़ाकर
और फिर से हो जाती उसकी उम्मीदों की हार।

* * *

16. नादान दिल

ऐ मेरे नादान दिल
तू तो समझ मेरी मुश्किल
क्यों यूँ गुमसुम हो गया है
बिन कुछ कहे चल पड़ा है
माना थोड़ी देर से आयी
पर इतना क्यों ज़िद पे अड़ा है
चल अब मान भी जा
आ बैठ कुछ देर पास मेरे
कह ले मन की बात तेरे
आज आयी हूँ फ़ुरसत से
दूर करने तेरे सारे गिले
इसलिए तू भी अब मुआफ़ कर
साथ जी ले कुछ पल मेरे।

* * *

17. कसक

रिश्तों के चूल्हे पर
प्रेम की गरमाहटें नहीं मिलतीं
स्नेह की आँच में पकी सोंधी ख़ुशबू वाली
अब रोटियाँ नहीं मिलतीं

बिकने लगे हैं खिलौने शहर में
गली के हर मोड़ पर
पर लाख ढूँढ़ने से भी उनमें
वो बचपन की निशानियाँ नहीं मिलतीं

छोटे-छोटे बच्चों की आँखों में
बड़े-बड़े सपने पलने लगे हैं
पर मीठी बातों से दिल जीतने वाली
वो मासूमियतें नहीं मिलतीं

चारपायी पर अकेला बैठा पिता
बेटों की कामयाबी के क़िस्से सुनाता है
पर हाथों में उसके दुआओं वाली
वो भभूत नहीं मिलती

ज़माने के साथ चलने की चाह में
दादी-काकी हिसाब-किताब में पक्की हो गयी है
पर पोटली में उनकी बच्चों के लिए
अब वो कहानियाँ नहीं मिलतीं।

* * *

18. नदी

नदी ठहरना चाहती है
तुम सोच रहे होगे
ठहरना नदी के लिए अच्छा नहीं
ठहर गयी तो वजूद खो बैठेगी
उसका काम तो
निरंतर बहते रहना है
बिना रुके बिना थके
पर नदी को ठहरने और रुकने का फ़र्क़ पता है
वह रुकना नहीं चाहती
बस कुछ पल ठहरकर
सुस्ताना चाहती है
पहाड़ की छाती पर उगे पेड़ों की छाँव में
खोना चाहती है
घटाओं में फैली ख़ूबसूरत वादियों में
बतियाना चाहती है
फूलों पर मँडराती रंग-बिरंगी तितलियों से
चखना चाहती है
डाली पर लदे लाल पीले फलों को
पीना चाहती है
झरनों की आँखों से गिरते नीर रस को
भीगना चाहती है
प्रेम की बेइन्तिहा बारिश में
सनबाथ लेना चाहती है
हरी दूब पर लापरवाही से पसरी हुई
नदी कुछ पल जीना चाहती है
भूलकर अपने हर फ़र्ज़ को।

* * *

19. मौन

आज मैं मौन हूँ
तुम जितना चाहो मेरे ऊपर वार कर सकते हो
मेरे जिस्म से लगी फुनगियों और पत्तियों को
मुझसे अलग कर सकते हो
मेरी पीठ पर उग आये फूलों को नष्ट कर सकते हो
मेरे गर्भ में पल रहे फलों को पल भर में गिरा सकते हो
क्योंकि तुमने मेरे दर्द को कभी महसूस नहीं किया है
क्योंकि तुमने सीखी ही नहीं है मौन की भाषा
मौन को समझना पड़ता है दिल की गहराइयों से
पर तुम तो विकास पुरुष हो
तुमने सिर्फ़ दिमाग़ को इस्तेमाल करना सीखा है
दिमाग़ के सामने छोटे से नाज़ुक से
दिल की भला क्या बिसात
पर ज़रा रुकना, पल दो पल सोचना
क्या सचमुच यह तुम्हारी जीत है
क्या मेरी मौत ही एकमात्र विकल्प है
जिससे तुम्हारे विकास के रथ का पहिया घूमेगा
क्या सचमुच तुम सिर्फ़ मेरा विनाश कर रहे हो
नहीं बिलकुल नहीं
मेरे विनाश के साथ ही तुम बेघर कर रहे हो
उन तमाम जानवरों को
जिनसे तुम्हारी जान को ख़तरा है
और इस तरह तुम खुला आमंत्रण दे रहे हो
उन्हें अपने घर की ओर
तुम छीन रहे हो लाखों घोंसले जिनमें
किसी पक्षी ने अभी-अभी नया जीवन पाया है
और जिनकी माएँ निश्चिंतता के साथ निकली हैं
अपने बच्चे के लिए दाना चुगने
मुझे बरबाद करने के साथ ही तुम घोल रहे हो

वातावरण में वो ज़हर
जिसे तुम्हारी आने वाली पीढ़ियाँ विष की तरह पियेंगी
और कोसेंगी तुम्हें उनका पूर्वज होने पर
तुम मेरे मौन को मेरी कमज़ोरी मान बैठे हो
पर याद रखना मेरा चीत्कार मेरे न रहने के वर्षों बाद
तुम्हारे कानों में शीशा बनकर पिघलेगा
और तुम्हारे पास पछताने के सिवा कुछ न बचेगा
क्योंकि जंगल की मार बहुत देर
और बहुत तेज़ असर करती है।

* * *

20. किसान

मैं एक किसान हूँ
आम से भी ज़ियादा आम इंसान हूँ
उम्र बीत जाती है मेरी लोगों का पेट भरने में
पर खुद दो जून की रोटी का मोहताज हूँ

कँपकपाती ठण्ड हो या चिलचिलाती धूप
मुझे तो मारती है बस पेट की भूख
हो मौसम सुहाना बारिश का या हो वसन्त
मेरे लिए तो करना भारी है दो जोड़ी कपड़े का प्रबन्ध

न कोई ऋतु अच्छी लगती है न कोई रीति
अपनों के दर्द और लाचारी से मन रहता है भयभीत
मुझे न फ़िक्र है दुनिया की न चिंता है देश की
मुझे तो भय सताता है बस अपने बच्चों के तक़्दीर की

इज़्ज़त मिलती न शोहरत, न मिलता भर पेट भोजन.
फिर भी हमारी क़िस्मत में है बस तड़पना हर पल
एक-एक दिन कट जाता है अच्छे दिन के इंतज़ार में
पर वो दिन नहीं आता कभी ग़लती से भी उपहार में

यह वक़्त का तक़ाज़ा है या राजनीति का गन्दा खेल
कि जीते हुए भले मेरी कोई क़द्र नहीं पर
मौत पर मेरी चलता है चर्चाओं का दौर
ख़ूब बहसबाजी होती है और लगते हैं आरोप-प्रत्यारोप.
पर अफ़सोस कि चोंचलेबाजी से
कोई हल नहीं निकलता ठोस

फिर भी अपनी क़िस्मत पर मैं कभी-कभी इतराता हूँ

बरसों गुमनामी में जीता रहा पर मरकर ख़ास बन जाता हूँ
सत्ता के गलियारों से लेकर अख़बार
और समाचार चैनलों पर भी कुछ वक़्त छा जाता हूँ
और हमेशा के लिए दफ़नाये जाने से पहले झूठ ही सही
पर किसानों के दिन भी बहुरेंगे ऐसी उम्मीद जगा जाता हूँ मैं
* * *

21. ग़रीबी की तड़प

तड़प ग़रीबी की
तुम्हारे जाने से कुछ नहीं बदला है मेरे लाल
हर रोज़ सुबह, दोपहर और शाम
आज भी वैसे ही होती है
जैसे तुम्हारे रहने पर हुआ करती थी
पर मेरी आँखों के सामने सिर्फ अँधेरा है
बहुत घना अँधेरा जहाँ से कुछ भी
अब साफ़ दिखायी नहीं देता
कोसती हूँ अपनी क़िस्मत को
ग़रीबी और लाचारी को जो तुम्हें लील गया
मेरी आँखों के सामने तुम्हारा दम घुट गया
हर एक साँस के लिए तुम लड़ते रहे तड़पते रहे
और मैं चमत्कार का इंतिज़ार करती रही
कि आयेगा कोई मसीहा बनकर
और लौटा देगा तुम्हारी हर साँस
फिर से तुम खेलने लगोगे मेरी गोदी में
पापा बिठाकर तुम्हें अपने कंधे पर
करा लायेंगे पूरे गाँव की सैर
दादी आँगन में बैठकर करेंगी
सरसों के तेल से तुम्हारे शरीर की मालिश
फिर से महकेगा मेरा घर तुम्हारी किलकारियों से
फिर से सजेगी झाँकी जन्माष्टमी की
फिर से महकेगी मेरी बगिया
तुम्हारी मासूम खिलखिलाहट से
पर मुझे कहाँ पता था
मुझे तुम्हारे बिना लौटना होगा
ज़िंदगी भर तुम्हारे लिए तड़पना होगा
तुम्हें लेकर जब निकली थी घर से
उस मनहूस घड़ी को कोसना होगा

छाती का दूध, जिस पर सिर्फ़ तुम्हारा हक़ था
उसे यूँ ही बेकार फेंकना होगा
माँ को अपने बच्चे को सीने से लगाने के लिए
दिन-रात तरसना होगा।

* * *

22. सन्नाटा

गहरा सन्नाटा पसरा है
भीतर से बाहर तक
धरती बाढ़ में डूबी है
बादल के आँसुओं से
हवाएँ ख़ामोश हैं
उदासियों में लिपटी हुई
दम हर पल घुट रहा
धुएँ की इस बस्ती में
इंसान बहुत व्यस्त है
कफ़न की तैयारी में।

* * *

23. अनुकरण

तुमने कहा रात
मैंने हज़ारों दिये जला दिये
तुमने कहा धूप
मैंने आँचल फैला दिया
तुमने कहा बारिश
मैंने भीगना सीख लिया
तुमने कहा हवा
मैंने उड़ना सीख लिया
तुमने कहा उदासी
मैंने गीत गुनगुना दिया
तुमने कहा बादल
मैंने तारे सजा दिये
तुमने कहा ख़्वाब
मैंने बुनना सीख लिया
पर तुमने कभी तूफ़ान का ज़िक्र नहीं किया
उसका सामना कैसे करूँ फिर।

* * *

24. सौग़ातें

धुँधली-सी कुछ यादें
कुछ अधपकी-सी बातें
गिरी हैं मन के आँगन में
बन बीते दिन की सौग़ातें

बारिश की वो फुहारें
बरसती थीं जो दुआरे
माटी की सोंधी ख़ुशबू से
महकते थे घर चौबारे

बच्चों की टोली, गुड्डू और भोली
बाबा-दादी की मीठी-मीठी बोली
आम जामुन के ढेर से
भर जाती अपनी झोली

रसोई में पकते छप्पन पकवान
घर में आते ढेरों मेहमान
बच्चों को मिलता लाड़ और प्यार
बड़ों के हिस्से आता ख़ूब सम्मान

बाग़ और बग़ीचे
न गद्दा न गलीचे
दिलों में बसती चाहत
अपनी ओर खींचे।

* * *

25. मज़दूर मर रहे हैं

मज़दूर मर रहे हैं
जान जोखिम में डाल सड़कों पर निकल रहे हैं
सड़क तो सड़क, रेल की पटरियों पर भी चल रहे हैं
दो जून की रोटी मिल सके इसलिए गाँव घर छोड़ दिया था
अब भूख से न मर जायें इसलिए वापस गाँव लौट रहे हैं
पर नियति को उनका लौटना भी मंज़ूर नहीं शायद
घर पहुँचने से पहले रास्ते में ही जान से हाथ धो रहे हैं
मज़दूर मर रहे हैं

पाँव में भयंकर छाले हैं
थकान और बेबसी ने मुँह पर जड़े ताले हैं
वैसे तो सरकारी योजनाएँ बहुत हैं
मगर सब हक़ीक़त से दूर फ़साने हैं
अनिश्चितता के डर से
एक गठरी में दुनिया समेट नंगे पैर चल रहे हैं
मज़दूर मर रहे हैं

जीवन की कठिन लड़ाइयों से वह परिचित हैं
कोरोना वायरस और महामारी से ज़ियादा
भूख से न मर जाएँ इस बात से चिंतित हैं
बीमार और विधवा माँ की आँखों में
छलक रहे दर्द से व्यथित हैं
गर्भवती पत्नी और चार साल के मुन्ना की भूख से दुःखी हैं
सिर पर गमछा, शरीर पर कफ़न बाँध निकल रहे हैं
मज़दूर मर रहे हैं

उम्मीदों के हरे खेत अब सूख रहे हैं
सुबह, दोपहर, शाम, रात चारों पहर अब चिंता में बीत रहे हैं

देर-सवेर राहत पहुँचेगी, कोई मसीहा आयेगा
मदद को हाथ बढ़ायेगा, यह सोचते हुए महीने बीत गये हैं
सब्र का बाँध टूट गया है, अब दर्द पिघलने लगा है
सारे सपने पीछे छोड़ शहर से अब निकल रहे हैं
मज़दूर मर रहे हैं।
* * *

26. मेरी चूड़ियाँ

मेरी चूड़ियाँ शोर बहुत करती हैं, कई बार कहा था उसने
ये मेरी रंग-बिरंगी चूड़ियाँ उसे बोर बहुत करती हैं
उसकी इन बातों से दिल मेरा टूटा
कुछ समय के लिए चूड़ियों से मेरा नाता छूटा
पर चूड़ियों से मेरा मोह न छूटा
छूटता भी कैसे
इन चूड़ियों को खरीदने के लिए
बचपन में मैंने हर रिश्तेदार से माँगे थे पैसे
बुआ कहती हैं मैं तीन साल की थी
जब चन्द्रिका देवी मंदिर में लगी दुकान पर खड़ी
चूड़ियाँ लेने के लिए ज़िद पर थी अड़ी
माँ ने पैसा देने के लिए बटुए में हाथ डाला था
कि तभी पापा ने जोर से डाँटा था
क्यों अभी से इसे चूड़ियों में जकड़ना
है अभी इसे बहुत लम्बा सफ़र तय करना
माँ थोड़ा सहम गयी थीपर मेरी ज़िद के आगे
पापा से लड़ गयी थी
बच्ची ही तो है, बड़ी होगी ख़ुद सँभल जायेगी
किसी नयी राह पर निकल जायेगी
ये चूड़ियाँ कहीं कोने में धरी की धरी रह जायेंगी
वक़्त बीतामैं बड़ी हो गयी
तीन से तेरह, तेरह से तेईस की हो गयी
पर समय के साथ चूड़ियों से दोस्ती और पक्की हो गयी
पापा डॉक्टर बना रहे थे मैं पेण्टर बन गयी
हाथ में स्टेथोस्कोप की जगह रंगों की कूची सज गयी
पर कलाई कलाई में तो अब भी चूड़ी ही खनक रही थी
धीरे-धीरे पापा समेत सबको
मेरी चूड़ियों की खनखनाहट भाने लगी थी

बुआ, चाची, मासी हर बार बाज़ार से
मेरे लिए चूड़ियाँ लाने लगी थीं
माँ मेरी शादी के लिए ख़रीदे गये
हर सूट और साड़ी के साथ चूड़ियों का सेट लगाने लगी थी
ब्याहता की कलाई कभी सूनी नहीं रहनी चाहिए
बातों-बातों में पत्नी धर्म सिखाने लगी थी
चूड़ी न सही तो काँच के कड़े ही पड़े होने चाहिए
पर हाथ कभी खाली नहीं रहने चाहिए
उनकी इस बात को याद कर
चूड़ियाँ उतारकर
एक-एक कड़े मैंने दोनों हाथ में डाल लिये थे
पर ये कड़े न आपस में लड़ते, न झगड़ते, न खनकते
चुपचाप मेरी कलाइयों में इधर से उधर टहलते
कुछ दिन तो यूँ ही निकाल दिया मैंने
मन को अपने समझा दिया मैंने
पर ज़ियादा दिन मुझसे रहा नहीं गया
इन कलाइयों की उदासी को सहा नहीं गया
इसलिए एक बार फिर चूड़ियों के डिब्बे पूरे बिस्तर पर रखे थे
बड़े दिनों के बाद मेरे होंठ खुलकर हँसे थे
नीले, पीले, लाल, गुलाबी
कितना सुंदर रंग आसमानी
सभी रंग फिर से मेरी कलाई में सजे थे।

* * *

27. कैसा देशप्रेम

पिज़्ज़ा खाने वालों को कहाँ पता है
पिज़्ज़ा बेस बनाने के लिए गेहूँ उगाना जरूरी है
और गेहूँ किसान उगाता है
धूप, बरसात और कड़कड़ाती ठंड में अपनी हाड़ गलाता है

व्हाइट राइस ब्राउन राइस का ब्रांडेड पैकेट खरीद लाता है
पर धान के बारे में पूछने पर भौंचक्का हो
अगल-बगल झाँकता है
टीवी पर बासमती राइस, इंडिया गेट राइस का
विज्ञापन आता है
किसान इसे कैसे उगाता है कोई कहाँ बताता है

मॉल में महँगे स्वीट कॉर्न और मल्टीप्लेक्स सिनेमा में
पॉप कॉर्न खाते हुए वह कहाँ जान पाता है
कि चौगुना दाम वसूलने वाले दुकानदार नहीं
भुट्टा किसान उगाता है

मैकडोनाल्ड में बैठकर फ़िंगर चिप्स खाने वाले
लोगों की जीभ से
उपले की आग में भुनी हुई ताज़ी आलू की
सोंधी ख़ुश्बू का स्वाद उतर चुका है
आलू टिक्की बर्गर खाते हुए भूल चुके हैं
कि आलू जमीन के अंदर है या टहनियों पर
अपनी जड़ों से कटते-कटते यह लोग भूल बैठे हैं
किसानों की मेहनत और दर्द
जिनकी वज़ह से उनकी थालियाँ व्यंजनों से भरी हैं
वही लोग इन्हें देशद्रोही नज़र आ रहे हैं
यह कैसा देशप्रेम है, यह कैसा राजधर्म है।

* * *

28. रोना मत

रोना मत
हिम्मत अपनी खोना मत
दिल ही दिल में सिसक लेना
आँसुओं से मुँह धोना मत
मर्द हो तुम, औरतों की तरह रोना मत

बचपन से यही सुनता आया हूँ
मन ही मन खुद से लड़ता आया हूँ
क्यों नहीं बयाँ कर सकता जज़्बात मैं
दीदी की तरह रोते हुए कह सकता अपनी बात मैं
लड़का हूँ तो क्या हुआ
डर जाता हूँ कभी-कभी आधी रात मैं
दौड़कर छुप जाना चाहता हूँ माँ की गोद में
पर तभी पापा की सीख याद आ जाती हैं
किसी के सामने डर अपना जाहिर करना मत
मर्द हो तुम, औरतों की तरह रोना मत

कई बार बहुत थक जाता हूँ
मीटिंग, प्रेजेंटेशन और दफ़्तर को भूल
रसोई में कुछ नया पकाना चाहता हूँ
गम्भीरता का लबादा छोड़
पार्क में खेलते बच्चों के साथ
मैं भी बच्चा बन जाना चाहता हूँ
समाज की गढ़ी परिभाषाओं से निकल
कोई नई कहानी सुनाना चाहता हूँ
पर तभी माँ की बात याद आ जाती है
लड़का हो लड़कियों वाले काम कर
नाक मेरी कटाना मत

मर्द हो तुम, औरतों की तरह रोना मत
कितने बरस यूँ ही बीत गए
बिन रोये आँखों के आँसू सूख गए
पर अब और चुप न रह पाऊँगा
हर जज़्बात खुलकर बताऊँगा
पुरुष हूँ तो क्या, जब भी दर्द होगा
जोर जोर से चिल्लाऊँगा
बच्चों को अपने हाथों से
उनकी मनपसंद डिश बनाकर खिलाऊँगा
नौकरी में मन नहीं लगेगा तो
घर बैठकर कुछ दिन बीवी की कमाई खाऊँगा
मैं कैसा मर्द हूँ, मुझे यह कोई बताना मत
मेरे मर्द होने पर तुम अफ़सोस जताना मत
मैं मर्द हूँ, औरतों की तरह न रोने का ज्ञान बाँटकर
मुझे कोई सताना मत।

* * *

www.ingramcontent.com/pod-product-compliance
Lightning Source LLC
LaVergne TN
LVHW100548051026
849519LV00003B/880

* 9 7 8 9 3 8 8 5 5 6 7 6 7 *